Hermann Bahr

Das Tschaperl

Ein Wiener Stück in vier Aufzügen

Hermann Bahr

Das Tschaperl

Ein Wiener Stück in vier Aufzügen

ISBN/EAN: 9783741184482

Hergestellt in Europa, USA, Kanada, Australien, Japan

Cover: Foto ©Andreas Hilbeck / pixelio.de

Manufactured and distributed by brebook publishing software
(www.brebook.com)

Hermann Bahr

Das Tschaperl

HERMANN BAHR.

Das Tschaperl.

Ein Wiener Stück in vier Aufzügen.

Berlin
S. Fischer, Verlag
1898.

Unserem Wiener Aristophanes

meinem lieben Freund

C. Karlweis.

Perſonen.

Der alte Lampl.
Aloïs Lampl.
Fanny, ſeine Frau.
Caſimir Bininski.
Die Bininska.
Nagele, Herausgeber der Morgenpoſt.
Dachl.
Roſettl.
Fräulein Wechsler.
Reſi.
Ein Tapezierer.
Ein Setzerjunge.

Der zweite Aufzug ſpielt ſechs Wochen ſpäter als der erſte, der dritte ſechs Wochen ſpäter als der zweite, der vierte vier Stunden ſpäter als der dritte.

Zum erſten Mal aufgeführt am 27. Februar 1897 im Wiener Carltheater.

Erster Aufzug.

Die kleine, alte Wohnung des Alois Lampl. Speisezimmer, das aber auch ein Klavier, eine Nähmaschine und ein großes Stehpult mit Zeitungen enthält. Es ist abends. Wenn der Vorhang aufgeht, sieht man Lampl an dem Pult stehen und eifrig schreiben. Hinten sieht man durch die geöffnete Thüre Fanny in der Küche wirtschaften. An der anderen Thüre steht wartend ein kleiner Setzerjunge.

1. Scene.
Lampl. Fanny. Der Junge.

Lampl.

So, mei' Lieber! Gleich wern mer's haben — (laut rufend) Fanny, Fanny! Madame!

Fanny
(in der Küche). Was ist denn?

Lampl.

Da komm her! Überhaupt, ich muß schon bitten: wenn man der Geschichte angehört, dann bitte ich, sich etwas weniger in der Kuchel aufzuhalten.

Fanny
(eintretend). Also, was ist denn?

Lampl.

Da komm her und hör' zu!

1

Fanny

(zu dem Druckerjungen). Du, Kleiner, weißt was? Du könnt'st uns einstweilen ein Bier holen, kriegst ein Sechserl.

Der Junge.

I weiß schon, wo der Krug steht (läuft in die Küche).

Lampl.

Aber, mei' Liebe, ham'er denn g'nug zum Essen? Weißt was, sei einmal nobel und laß noch um vierzig Kreuzer Extra-Wurst holen. Wir können uns das ja jetzt erlauben. Sie werden sich überhaupt angewöhnen müssen, Madame, jetzt auf großem Fuße zu leben (zeigt stolz auf die Cigarre, die er raucht). Ich habe mir bereits eine Trabucco gekauft.

Der Junge (ab).

Fanny

(deckt den Tisch, lachend). Wurstel!

Lampl.

Ich bitte — etwas mehr Respekt! Ich bin jetzt jemand. Ich bin der Mann einer berühmten Frau!

Fanny

Also, was hast denn geschrieben?

Lampl.

Ja, mei' Liebe, das ist net so einfach! Die werden ja in der Redaktion eine Viechswut auf mich haben. Wir hätten doch die Nachricht zuerst

haben können, und jetzt laß ich mir die Sensation
vom Weltblatt wegfischen. Dieses verfluchte Welt=
blatt! (Er nimmt das Manuskript und liest:) Alsdann:
„Wien kann ruhig sein, das große Rätsel ist gelöst,
wir atmen auf." Du bemerkst die feine Ironie.
„Der Autor des Schneewittchens ist gefunden. Wir
müssen gestehen: wir hätten die Neugierde unserer
geschätzten Leser schon früher befriedigen können,
aber wir sind, wir können es jetzt nicht mehr leugnen,
sozusagen mitverschworen gewesen." Mitverschworen,
was sagst Du, großartig! „Ja, noch mehr: wir
selbst sind es gewesen, die dem gehetzten und ver=
folgten Autor sogar gewissermaßen ein Versteck ge=
boten haben. Unsere Redaktion ist sonst kein Asyl,
aber in diesem Falle konnten wir nicht gut anders,
weil der Autor nämlich — eine Dame ist." Ich
bitt' Dich, schau' Dir das an, wie sich das liest:
weil der Autor nämlich, Gedankenstrich, eine Dame
ist. Dieser Gedankenstrich ist von einer Feinheit!
Für hundertfünfzig Gulden monatlich kann man
wirklich nicht mehr verlangen. „In der That, der
glückliche Autor von „Schneewittchen", dieser reizenden
Spieloper, die der deutschen Musik ganz neue Bahnen
erschlossen hat, ist eine Dame, Frau Fanny Lampl,
die junge Gattin unseres ausgezeichneten Musik=
referenten." (Reibt sich die Hände.) Haha! Na und
jetzt kommt dann eine kleine Biographie, das ist
dann fad. (Er faltet sein Manuskript.) So! (Er
couvertiert.) Wo ist denn die Resi?

Fanny.

Wir haben ja heut Wäsch'. Aber sie muß gleich kommen.

Der Junge (bringt das Bier).

Lampl

(giebt ihm das Manuskript). So, da haft, aber jetzt tummel Dich. Den Abzug soll der Herr Doktor Maier lesen. Ich laß ihn schön grüßen, und er möcht' so gut sein! Verstanden? Da haft ein Sechserl, Ausbeuter! Wirst eh no' amal Herausgeber — von der Druckerei aus is der sicherste Weg. Nur die Schriftsteller, das sind die einzigen, die 's zu nix bringen bei dem G'schäft.

Der Junge.

Küß die Hand. (Ab.)

Lampl

(zündet sich seine Cigarre wieder an, geht auf und ab und dehnt sich). Fantscherl, Fantscherl, ich sag' Dir, ich bin riesig fidel! Es ist eine große Hetz! Eine Oper von einem unbekannten Menschen, der kein Katzelmacher und kein Franzos, sondern ein bloßer Wiener ist, ein gemeiner Wiener, und noch dazu eine Frau — ah, Sakrament, das ist eine Arbeit gewesen! Ja, schlau muß man sein, Geduld muß man haben, und die Menschen muß man ein bissel kennen. — Wenn ich denke, wie ich das gemacht hab' (reibt sich die Hände) — Fantscherl, Fantscherl, Du hast einen großartigen Mann. Der große Rosetti is nix gegen mich.

Fanny

(da er sie umarmt, ruhig abwehrend). Aber so geh', laß mich doch), ich muß ja die Würstel aus dem Wasser nehmen. (Geht in die Küche.)

Lampl.

Thu' mer denn schon essen? Die Bininskis san ja noch nit da.

Fanny.

Willst denn auf die Bininskis warten? Ich weiß ja gar nit —

Lampl.

Aber ich bitte Dich! Natürlich kommen sie! Da kennst Du den Schmutzian schlecht.

Resi

(in der Küche). Küß d' Hand, gnä' Frau.

Fanny.

Na, sind's fertig?

Resi

Ja, gnä' Frau.

Fanny.

Also, dann bringen's uns die Würstel herein.

Resi.

Gnä' Frau, 's Mädel von der Frau von Bininska ist da g'wesen, sie kommen dann gleich gratulieren. Sie möchten ihnen nix als a bissel an' Extrawurst aufheben, und der Herr hätt' gern a' Eierspeis'.

Lampl.

Haha! I kenn' halt meine Leut'.

Fanny.

Also machen's halt g'schwind eine Eierspeis'! (Setzt sich zum Essen.)

Lampl

(sich gleichfalls setzend). Die Leut', die Leut'! Kind, ich sag' Dir, die Welt ist doch nur a großes Narren=haus! Der Mann und die Frau — aber das macht bei uns Carriere! Geh', gieb mer a bißl einen Kren.

Fanny.

Da hast.

Lampl.

Das macht bei uns Carriere! Sie hat keine Stimme, sie kann nicht spielen, aber sie ist die große Sängerin! Bloß, weil sie momentan die schönsten Beine von Wien hat!

Fanny.

Geh', iß Deine Würstel und gift' Dich nicht.

Lampl.

Fantscherl, Du hast recht! Du bist zwar im allgemeinen ein Tschaperl, aber manchmal hast Du doch recht. Wir haben's jetzt wirklich nicht mehr nötig. Resi!

Resi

(aus der Küche, auf der Schwelle). Gnä' Herr!

Lampl.

Sagen Sie mir, Resi, haben Sie nichts bemerkt?

Reſi.

Was denn?

Lampl.

Wiſſen Sie — ſo Hulbigungen! Drängt ſich
das Volk von Wien noch nicht auf der Stiegen!

Fanny
(ein bißchen ärgerlich). So hör' doch ſchon mit den
Dummheiten auf! Gehn's zu Ihrer Arbeit, Reſi!

Reſi (in die Küche ab, läßt die Thüre offen).

Lampl.

Ja, mei' Liebe, ich muß ſchon ſagen: das gefällt
mir nicht! Wie ſich das Volk von Wien gegen
Dich benimmt, das iſt ſchon nicht mehr ſchön! Ich
hab' mir das ganz anders gedacht — bei ſo einem
Erfolg! Wo iſt denn der Bürgermeiſter? Wo
ſind die Deputationen? Zu was is man denn
berühmt, wenn man nix davon hat? Reſi! Machen's
die Thür in die Küche zu — jeden Tag muß man
Ihnen das ſagen! Das macht mich nervös! Wir
ſind jetzt noble Leute — wir können uns jetzt er=
lauben, nervös zu ſein.

Fanny.

Ich bin nur neugierig, ob der Vater heut kommt.

Lampl.

Aber! Da kannſt ganz ruhig ſein, der is ſchon

auf dem Weg. Er muß sich nur natürlich zuerst mit seine Freunderln besprechen — uns darf er's ja nicht merken lassen, daß er eine Freud' hat. Der sitzt jetzt im Café Pirus und liest einem jeden das Welt=Blatt vor. (Ihn kopierend.) „Du da schau her, da steht mein Nam', des muß i lesen. Da hat mir g'wiß der verflixte Bub wieder was ang'stellt. Schau, was dir da steht! Die neuche Oper soll von der Fanny sein! Ich hab's ja alleweil g'sagt, daß aus dem Mädel nie was Ordentliches wird. Jetzt thut's gar schon beim Theater mit! Aber was magst denn machen? Auf uns alte Wiener hört man ja net mehr."

Fanny

(lachend). Aber gern hat er uns doch.

Lampl.

O ja, gern hat er uns schon, aber — (heftig) daß er einem das einmal sagen möcht'! Jessas, was hab' ich mir mit dem Mann schon aus= gestanden! Wenn der anfangt, sekant zu sein —

Fanny.

Er ist halt gerad' so ein Dickschädel wie sein Herr Sohn.

Lampl.

Aber eine g'sunde Rass', mei' Liebe! Da giebt's nix!

Fanny.

G'sund schon, aber —

Lampl.

Na, vielleicht —? Belieben Madame vielleicht
aufzudrahn, seit Sie berühmt sind! Bitte, nicht zu
vergessen, daß ich ein Kritiker bin! (Parodistisch.) Ich
werde mir dieses Schneewittchen überhaupt erst ein=
mal ausleihen. Eine ganz begabte Arbeit, nicht
ohne Talent, aber es muß erst in die richtigen
Hände kommen! (Er steht auf, geht zu Fanny und nimmt
ihren Kopf zärtlich in seine Hände; sehr warm.) Gelt,
Tschaperl, wenn Du nicht in die richtigen Händ'
kommen wärst! (Er küßt sie; es läutet.)

Fanny.
Da sind schon die Bininskis.

2. Scene.
Die Vorigen. Bininski und die Bininska.

Bininski

(junger Mann, sehr elegant, hübsch, blond, sehr soigniert, mit
vielen Ringen und großer Busennadel; alles glänzt an ihm,
er lacht immer; er spricht mit einem starken polnischen Accent,
thut immer ungemein herzlich und hat etwas Weiches, bei=
nahe Weibisches in seinen Bewegungen und Manieren).
Lieber Freund! Meine gnädige Frau! Ich muß
Sie umarmen. Ach, wir sind so gerührt — nicht
wahr, meine teure Muschka? Sie haben gar keine
Idee, wie gerührt wir sind! (Mit gespielter Kränkung.)
Aber erst aus der Zeitung . . . ah — —

Fanny
(ist aufgestanden und ihnen entgegen gegangen). Das ist
wirklich nett von Ihnen, daß Sie kommen!

Frau Bininska

(groß, sehr schön gewachsen, blond, mit schönen, aber etwas faden und leeren Zügen, elegant, aber schlampert gekleidet; sie hat lässige, müde, etwas langsame Gebärden, lacht gerne, indem sie den großen sinnlichen Mund öffnet und die prächtigen weißen Zähne zeigt; auch sie spricht mit einem starken polnischen Accent; Fanny umarmend). Liebe, liebe Freundin! O, wie glücklich ich bin — es läßt sich gar nicht sagen!

Lampl

(der nicht aufgestanden ist, sondern ruhig weiter ißt und den Eintretenden freundschaftlich zuwinkt). Machen Sie keine G'schichten — setzen Sie sich her, die Extrawurst ist schon frappiert.

Frau Bininska

(indem sie die Handschuhe auszieht und sich neben Fanny setzt). Wir stören doch nicht, meine teuere Freundin?

Lampl.

Aber ich bitt' Sie — diese Tantièmen! Mehr als die ersten fünf Vorstellungen werden Sie ja nicht aufessen! Das heißt, bei Ihnen weiß man ja nicht —

Bininski

(indem er ablegt und sich setzt, lachend auf Lampl zeigend). O, er ist schlimm, der Gatte! — Er macht Witze! Sie sind ein schlimmer Mensch!

Lampl.

Ich bitte Sie, das ist wirklich ungerecht: Schauen Sie sich diese Extrawurst an!

Bininſki

(unmäßig lachend). O, er macht Witze, natürlich —
jetzt! Da kann er leicht Witze machen. Jetzt! Wo die
Frau ſo berühmt iſt!

Fanny.

Darf ich Ihnen —? (Sie reicht Bininski die Schüssel
hin; dieser bedient sich.)

Frau Bininska

(zu Fanny). Ja, ich kann Ihnen gar nicht ſagen,
wie wir uns gefreut haben! Wir waren ſo ge=
rührt! Mein Mann iſt nach Hauſe gekommen, ich
habe gerade ein bißchen geſchlafen, da kommt mein
Mann — Caſimir, ſchrei ich, was haſt Du? Brennt
es oder hat man uns beſtohlen?

Bininſki.

Nämlich — weil ich ſo aufgeregt war — ich
bin über die Stiege gerannt und hab' geſchrieen!
Denn denken Sie ſich nur: Ich ſitze ganz ruhig im
Café und habe keine Ahnung gehabt, nicht ein
bißchen, o das war nicht ſchön von Ihnen, Ihr
ſeid ſchlimme Menſchen! Alſo, ich ſitze im Café
und leſe die Notizen in den Zeitungen — das
muß man ja wiſſen, wegen meiner Frau, wenn da
etwas ſteht, damit ich gleich berichtigen kann. O,
das iſt ſehr wichtig, wiſſen Sie! Das müſſen Sie
jetzt auch — wo Sie doch jetzt auch berühmt ſinb.

Fanny

(zu Bininski, indem sie ihm vom Obst anbietet). Darf ich
Ihnen —?

Bininſki.

Aber, liebe Gnädige, machen Sie doch mit mir
keine Umſtände! Nur keine Umſtände unter guten
Freunden, ich bitte Sie!

Fanny.

Schaun's, der Apfel wär' ſo ſchön —

Bininſki.

Aber, laſſen Sie nur, ich werde ſchon — ich
werd' ihn ſchon eſſen. Wahrſcheinlich!

Frau Bininſka.

Du haſt ja doch die Äpfel ſo gern, Caſimir!

Bininſki.

O ja. Nicht bloß die Äpfel, auch die Trauben,
warum denn bloß die Äpfel? Ich werde ſchon —
o fürchten Sie ſich nicht, daß ich mich geniere!
Bedienen Sie ſich nur, und dann, was dann noch
da iſt, das werd' ich mir ſchon nehmen. Wiſſen
Sie, ſo iſt es mehr gemütlich. Aber, könnte man
keinen Wein haben, vielleicht? So ein bißchen
ſüßen Wein?

Lampl

(zu Fanny, die aufſtehen will). Wart', ich bring' ihn
ſchon.

Bininſki.

Wir müſſen doch heute feierlich ſein. (Preciös.)
Wenn das Glück in ein Haus kommt, muß man
ihm Feſte geben. Sonſt langweilt es ſich und geht
wieder fort.

Lampl

(indem er eine Flasche öffnet und ein Glas einschenkt, zu Bininski). So, da haben Sie Ihren Wein, da haben Sie das Obst, ein bißl Käs ist auch noch da, da haben Sie das Brot — und eine Sauce von den Würsteln muß auch noch da sein! Schaffen Sie noch etwas?

Bininski

(behaglich). O, er macht Späße! Er kann leicht Späße machen, wenn man so ein Glück hat!

Frau Bininska

(zu Fanny). O ja! Es ist wohl ein großes, großes Glück für Sie!

Fanny

(leise, fast ein bißchen zaghaft). Na — wir wollen's hoffen.

Bininski.

Was wollen Sie denn noch? Ich habe jetzt erst alle Rezensionen von gestern gelesen, es ist ein wirklicher Erfolg, wirklich! Mehr gelobt wird nicht einmal meine Frau. Nein, Sie können sich ver= lassen: es ist ein großes Glück.

Lampl.

Glück, Glück, mei' Lieber, das sagt man so und denkt sich nix dabei. Ich werde Ihnen sagen, was es ist: es ist der Lohn! Verstehen Sie mich? Der Lohn für fünf — was fünf? für zehn, für zwanzig Jahre, die ich mich geschunden und geplagt habe, die ich gespart und gehungert habe, zuerst allein

und jetzt die letzten paar Jahre mit ihr! Jawohl, gehungert, geehrter Herr! Ich könnt Ihnen
was erzählen — Hallo! Gelt, Fannerl? Na,
wir brauchen uns beim Glück nicht zu bedanken,
wir net! (In einem anderen, ruhigeren Tone.) Aber deswegen können mer allerweil noch a Glaserl trinken.
Kommen's her, stoßen wir an.

Bininski

(anstoßend). Profit! Wissen Sie, wir wollen unsere
Frauen leben lassen. Unsere zwei berühmten Frauen
sollen leben! Hoch! (Er stoßt mit den Damen an.)

Lampl

(kommt zum Tisch, nimmt sein Glas und legt seine Hand
zärtlich auf die Schulter der Fanny). Sollst leben, berühmte Frau! Wirst mer doch nicht eitel werden
— jetzt? Tschaperl!

Fanny

(küßt ihn leicht, zerstreut). Aber geh'!

Lampl.

Weiß man's denn? Die Weiber lernt man nie
aus! (Begütigend, da Fanny eine Gebärde macht.) Aber,
Tschaperl, ich mach doch nur an Spaß! (In einem
anderen Ton.) Kinder, Ihr dürft's Euch net wundern,
wann ich heut ein bißl g'spaßig bin. Jetzt kommt
das erst alles heraus — die ganze Zeit hab' ich ja
nix sagen dürfen. Und immer die Angst: wird's
uns diesmal glücken oder wird's am End' wieder
nix sein? Mein Lieber, seit zwanzig Jahren paß
ich auf den Moment! Ich hab immer Pech g'habt.

Was ich ang'fangen hab', alles ist schief gangen,
Ham Sie eine Ahnung, was ich in Amerika erlebt
hab'?

Bininski.

Damals sind Sie ja Kapellmeister gewesen, nicht?

Lampl.

Kapellmeister, Klavierspieler, Chorist, Souffleur,
Impresario — Noten hab' ich abgeschrieben und in
an Tingl=Tangl hab' ich g'spielt. Ah, Sakrament,
mir hat's der liebe Gott nicht leicht g'macht!
Andere Leute giebt es, bei denen geht alles wie
geschmiert — ich hab' mich in meinem Leben um
jedes Stückel Brot raufen müssen! Aber, Gott sei
Dank: Ich hab mich nicht ducken lassen. Zwanzig=
mal hat's mi' auf die Erd' g'haut — zwanzigmal
bin ich wieder aufg'standen! Aber angst ist mir
schon manchmal worden, wie nach und nach alle
meine Freunde und Kameraden was g'worden sind,
und ich bin noch immer nix g'wesen! In den
Kaffeehäusern freilich — da bin ich ein berühmter
Mann gewesen mit meinen großen Ideen über die
Musik der Zukunft! Da haben's g'schaut, wenn
ich ang'fangen hab'! Ja, aber dabei hab' ich nicht
g'wußt, wo ich mir morgen fünf Gulden ausleichen
werd'! Ich hab' ja schließlich froh sein müssen,
daß mich der Nagele in sein blödes Blatt genommen
hat! Da war's freilich aus mit den großen Ideen
über die Musik der Zukunft, haha! Schön brav
sein, Buckerl machen vor der Clique und nur um

Gotteswillen nix schreiben, was den Herren Abon=
nenten nicht recht sein könnt! A, Kinder, jetzt
kann ich's ja sagen. Einen Strick um den Hals
hab' ich mir oft gewünscht! Und rein aus Bosheit
hab' ich aus'gehalten, aus Bosheit gegen das Schick=
sal! Mich kriegst nicht, die Freud' thu' ich Dir
nicht! Da wirst Dir eher die Hand verstauchen,
mich tauchst net unter! — Und jetzt haben mir's
halt doch erreicht, gelt, Tschaperl? Aber es ist auch
die höchste Zeit g'wesen, lang hätt' ich's nicht mehr
ausg'halten.

Fanny.

Geh', Alois, reg' Dich net auf! Jetzt ist's ja
vorbei.

Lampl

(zur Bininska, die eine Handarbeit herausgenommen hat und
hätelt). Schaun's, gnädige Frau, können's denn
nicht eine Viertelstund' ruhig sitzen, müssen's denn
alleweil? Des macht einen ja ganz nervös!
Schauen's Ihren Mann an, der thut den ganzen
Tag nix.

Bininski

(gutmütig lachend). Oh, er macht schon wieder Witze!

Lampl.

Na — als ob's vielleicht nit wahr wär'!

Bininski.

O, er glaubt wirklich — er ist köstlich! Was
sagst Du, Muschka? Ich habe nichts zu thun!...
Mein werter Freund, wenn Sie wüßten, was der

arme Bininsti alles zu thun hat, ich sage Ihnen:
Sie würden ihn bewundern! Was sagst Du,
Muschta? Würde er mich bewundern?

Frau Bininsta.

O ja, Herr Doktor! Der arme Mann hat so
viel zu thun, aber so viel!

Lampl.

No ja, natürlich — das glaub' ich schon: wenn
man so eine schöne Frau hat —

Frau Bininsta.

O, Sie sind wirklich schlimm! Was Sie wieder
meinen —

Bininsti.

Sie wissen eben noch nicht, wie das ist! Warten
Sie nur — Sie werden das jetzt schon kennen
lernen! Ich sage Ihnen: bei einer berühmten Frau
ist der Mann noch wichtiger als sie selbst. Der
Mann muß alles thun. Da ist der Direktor —
man soll gut mit ihm sein und darf doch nicht zu
gut mit ihm sein, er muß immer wissen, daß man
auf der Hut ist: wer macht das? Dann sind da
die Zeitungen — der eine Journalist will das, der
andere will das, da muß man so reden und dort
ein bißchen anders; einmal geht es mit Geld, und
manchmal geht es wieder mehr mit Freundlichkeit
— das darf man aber nicht verwechseln! Und
dann bei den Kontrakten mit den Agenten — und
das alles mit den Lieferanten, denken Sie doch: wo

kann denn das eine Frau? Nein, sie braucht einen
— wie nennt man das? Sie braucht so einen
Sekretär! Der Mann von einer berühmten Frau
muß ihr Sekretär sein, und glauben Sie nicht, daß
das so leicht ist!

Lampl.

Da bleib' ich beinah' noch lieber Journalist!
Und wissen Sie, mei' Lieber, das will was heißen!

Bininski.

O, ich werde Ihnen schon helfen —

Lampl

(ungeduldig, nervös). Gehn's, red' mer doch endlich
von was anderem! Alleweil unsere blöde Oper —
das wird ja wirklich schon fad!

Bininska

(zur Fanny). Aber das ist wirklich nicht schön von
Ihnen gewesen, daß Sie gar nichts gesagt haben —
nicht einmal uns!

Lampl.

Ah, mei Liebe, verstehen's das nicht? Das
war doch der ganze Witz bei der G'schicht, daß kein
Mensch etwas gewußt hat.

Bininski.

Aber uns! Wir sind so diskret —

Lampl.

Ah na, mei' Lieber, entweder — oder!

Bininski.

Aber dem Dackl haben Sie es doch gesagt! Sehen Sie!

Lampl.

Was? Wer? Ich — dem Dackl? Aber gar keine Spur!

Bininski.

Aber es ist doch im Weltblatt gestanden! Wie hätte er sonst können? Wie kann er wissen?

Lampl.

Das hatscherte Luder weiß doch alles! Ich habe keine Ahnung, wie er das erfahren hat. Ich bitte Sie — dieses Gesindel —

Fanny.

Aber geh' — jetzt ist das doch so gleich! Du mußt immer gleich —

Bininski.

O, jetzt wird er schon anders werden! Wollen Sie wetten? (Zu Lampl.) Sie sind immer so ver= bittert gewesen, so — wissen Sie, jetzt kann man es ja sagen, schon wirklich manchmal ein bißchen unangenehm! Na, da hab' ich mir gedacht, es geht ihm halt nicht zusammen, das ist kein Wunder. Aber jetzt! Jetzt sind Sie berühmt, und Geld werden Sie auch verdienen und — wollen Sie wetten? — Wenn man Geld hat — ich bitte Sie, das ist doch zuletzt die Hauptsache; wenn man Geld hat, da schaut auf einmal alles ganz anders aus, glauben Sie mir! Wenn man kein Geld hat, da

2*

ist man ein Philosoph. — O, ich erinnere mich, ich
hab' auch einmal kein Geld gehabt! Aber das
giebt sich — passen Sie nur auf, bis die
Tantièmen kommen!

Lampl.

Na, i bin neugierig!

Bininski.

Mein verehrter Freund, entschuldigen Sie, ich
will Sie nicht beleidigen, aber: Sie sind noch ein
Idealist!

Lampl.

Ich bitte Sie, das ist ein Geburtsfehler, da
hätten Sie mit meiner Mutter reden müssen!

Bininski.

O, ich kenne die Menschen so genau: Sie sind
ein Idealist! Ich bitte, das ist ja keine Schande;
ich bin auch einmal ein Idealist gewesen, früher!
O, ich war ein ganz armer Student — und damals
bin ich so schwärmerisch gewesen, so romantisch,
wirklich! Aber dann — da hab' ich meine Frau
kennen gelernt und überhaupt, mit der Zeit —
schließlich wird man ja gescheit! Erinnern Sie sich
an mich; jeder Mensch wird einmal gescheit, das
ist das Leben!

Frau Bininska

(zu Fanny). Und sagen Sie mir nur, meine Liebe,
wie sind Sie überhaupt auf die Idee gekommen?
Komponieren — wie fällt einem das ein?

Fanny

(ein bißchen verletzt). Ich bitte Sie, ich bin doch im Konservatorium gewesen —

Lampl

(Fanny parodierend). Sie ist doch im Konservatorium gewesen, ich bitte Sie! Und dann fünf Jahre mit einem Manne verheiratet, der Rezensionen schreibt!

Fanny.

Mein Gott, das Ganze ist eigentlich ein Zufall. — Vor zwei Jahren, im nächsten Monate werden's genau zwei Jahr, kommt das Mädel von meinem Bruder zu mir, die Marie, die Kinder möchten gern zum Geburtstag vom Papa Theater spielen, ich soll ihnen ein Stück machen. Also, ich mach' ihnen das Schneewittchen, das hat mir gerade gepaßt mit den Stimmen und mit allem. In acht Tagen war die Partitur fertig. Mein Mann hat ein fürchterlich dummes Gesicht gemacht, wie er's g'hört hat!

Lampl

(entrüstet thuend). Madame, ich muß doch bitten —

Fanny

(lachend). Du bist damals so spaßig g'wesen!

Lampl.

G'spaßig! Ja, da wär' mer dann g'spaßig, wenn man die besten Ideen hat! Wer ist denn überhaupt auf die Idee gekommen, die Geschichte

fürs Theater herzurichten? Denken Sie sich: diese
Frau hat überhaupt gar keine Ahnnng gehabt!
Wenn nicht ich gewesen wäre! Is es wahr oder
nicht?

Fanny.

Ich hab' ja doch nicht wissen können —

Lampl.

Aber ich hab' es gewußt! Ich hab' es sofort
gewußt! Wenn das auf ein Theater kommt, hat
es einen Bombenerfolg! Wenn ich nicht gewesen
wär', so lieget das berühmte Schneewittchen heut
noch in irgend einer Lad' und ich könnt' mer immer
noch den Kopf zerbrechen, wie wir den nächsten
Zins zahlen werden. Gelt, Tschaperl?

Bininski

(zu seiner Frau). Siehst Du, siehst Du, was ich
immer sage: da kann die Frau noch so begabt sein,
der Mann ist doch auch sehr wichtig, weil der
Mann eben gescheiter ist! Die Frau kann noch so
viel Talent haben, der Mann hat eben den Ver=
stand!

Resi

(mit einem Pack von pneumatischen Briefen). Unterschreiben,
bitt' — pneumatisch!

Lampl

(indem er die Rezepisse unterschreibt). Donnerwetter!
Und natürlich — alles für Frau Fanny Lampl!
Ja, wenn man eben berühmt ist! Da hast! (Er
wirft ihr die Briefe zu.)

Refi.

Es ist wirklich schon nicht mehr schön, wie's bei uns zugeht, seit mer beim Theater sind. (Ab.)

Fanny

(zu den Bininskis). Sie entschuldigen schon, nicht wahr? (Sie öffnet die Briefe.)

Frau Bininska.

Aber ich bitte Sie, natürlich! Lassen Sie sich nicht stören, lesen Sie nur, das liest man gern — o ich kenne das!

Bininski.

O wir kennen das so gut! Erinnerst Du Dich noch, Muschka, an Dein Debüt hier in Wien? O Gott, ist das schön gewesen! Du hast aber damals auch ausgesehen! Wenn ich an das Schwimmkostüm im dritten Akt denk' — o, o, die Leute sind ganz toll geworden!

Fanny

(die Briefe lesend, zu Lampl). Schau, die Pepi Schlager, weißt, mit der ich auf dem Konservatorium gewesen bin — und der Doktor Schneck — Jessas, und die alte Marie, meine Schneiderin, na, jetzt können mer wenigstens zahlen! Und der Rubi meldet sich auch — schau, wie der Lausbub sich schon nobel ausdrücken kann!

Lampl

(der neben Fanny steht und die Briefe durchfliegt). Und mein Herr Kollege Kessel, der mich nicht ausstehen

kann, ist jetzt auch auf einmal ein „warmer Ver=
ehrer" und „treuer Bewunderer"! Geh', geh'!
Wann man berühmt wird, bemerkt man erst, wie
beliebt man ist. —

Fanny

(immer noch lesend, freudig). Und denk' Dir, der
Hönig schreibt mir auch — die Leut' sind wirklich
alle so nett!

Lampl

(will etwas sagen, legt dann aber nur die Hand auf ihren
Kopf und sagt). Tschaperl!

Resi.

Es is ein Herr da — ob er fünf Minuten
stören darf. — Daxel, heißt er oder so . . .

Lampl.

Das ist der Dackl! Na, wart', Kerl! Herein
damit!

Bininski.

O der Dackl, der gute Dackl vom Weltblatt!
Das ist mir sehr angenehm. Da kann ich gleich
manches mit ihm besprechen.

3. Scene.

Die Vorigen. Dackl.

Dackl

(ein kleiner Herr mit sehr schüchternen und linkischen Bewegungen. Die Haare Fiesko, große abstehende Ohren,
Monocle, kleiner, sehr spärlicher Schnurrbart, sonst rasiert;

in einem auffallenden, farrierten, hellen Anzug, der ziemlich
schmutzig ist; dazu gelbe Handschuhe und Cylinder. Er geht
eigentümlich leise, als ob er nur Strümpfe hätte, wiegt sich
dabei und bewegt, wenn er spricht, die Schultern hin und
her. Dabei lächelt er immer vor sich hin und hat die Gewohnheit, fortwährend an den dünnen Haaren seines Schnurr-
bartes zu zupfen. Er sieht niemandem ins Gesicht, sondern
schaut mit seinen kleinen, immer beinahe geschlossenen Augen
auf den Boden; glaubt er sich unbemerkt, so blinzelt er
manchmal ein wenig nach der Seite. Sein Wesen ist eine
Mischung von Schüchternheit, Ungeschicklichkeit, Schlauheit,
Insolenz und großer Gutmütigkeit. Nahe an der Thüre).
Darf ich —?

Frau Bininska

(ihm entgegen eilend und beide Hände hinstreckend). Liebster
Herr Doktor, wir haben uns so lange nicht gesehen,
so lange nicht!

Bininski

(auf ihn zueilend und ihn umarmend). Lieber Doktor,
liebster Freund! Warum sieht man Sie gar nicht
mehr bei uns?

Dackl

(macht sich los und geht zu Fanny). Gott, wie liebenswürdig mit so einem armen Zeilenschreiber! Ich
danke sehr, ich danke.

Fanny

(giebt Dackl die Hand). Guten Tag, lieber Herr Dackl!
Na warten's nur!

Dackl.

Ich will gar nicht stören — ich möchte nur
meine bescheidene Gratulation —

Lampl.

Ja freilich! Gratulation, frozzeln auch noch! Da setzen's Ihnen her, geehrter Herr Kollege — gieb ihm einen Wein, und dann wird deutsch geredet! Schön benehmen Sie sich, das muß man sagen!

Dackl.

Gott, Herr Lampl, jeder benimmt sich, wie er kann.

Lampl.

Ist das eine Manier? Was geht Sie das überhaupt an, von wem das Schneewittchen ist?

Dackl

(hat sich neben Fanny gesetzt und streicht das Tischtuch mit der Hand). Ich weiß nicht, wie Sie mir vorkommen, Herr Lampl? Sie sind doch selbst ä Journalist — no? Wann wir nur schreiben wollten, was uns angeht, da können mer zusperren. Was geht Sie die Musik an? Was geht mich das Theater an? Aber wir schreiben, damit geschrieben wird. Das ist doch so.

Lampl

(in einem anderen Ton, gemütlich). Ja, da haben Sie eigentlich recht!

Bininski.

O, er ist so geistvoll, der kleine Doktor! Was sage ich immer, Muschka?

Frau Bininska.

O, der Casimir schwärmt für Sie, Herr Doktor, (kokett) ich bin fast eifersüchtig!

Dackl.

Gott, wie liebenswürdig! Oi, oi, oi!

Lampl.

Aber gut, wenn ich schon nichts sage und mit
allem einverstanden bin, aber warum waren Sie
denn nicht wenigstens bei mir? Fragen hätten Sie
einen doch können.

Dackl.

Mein verehrter Herr Lampl, Sie glauben, das
ist so einfach. Ich hätte fragen sollen! Oi, oi,
wenn ich immer erst fragen soll, Gott, wo komm'
ich da hin? Wenn ich die Leute frage, sagen Sie
mir doch nix die Wahrheit. Oh — ich sage Ihnen,
die anständigsten Leute lügen, daß es a Vergnügen
ist, und dann lachen Sie mich höchstens noch aus.
Nu — da lüg' ich doch lieber selbst und lach' ich
die Leut' aus. Ich rede nicht, ich frage nicht, ich
schreibe. Ist es wahr, bin ich der große Journalist.
Ist es nicht wahr — nu, sollen sie berichtigen!
Irren ist menschlich! Bin ich der Papst? Bei
meiner Gage! Geben Sie mir e Schloß in Galizien,
und ich werd' e Kavalier sein. Bis dahin bleib'
ich ein Journalist.

Bininski.

Was sagst du, Muschka? Er ist so geistvoll.

Fanny.

Aber sagen Sie mir nur, wie haben Sie es
denn eigentlich erfahren? Es hat's doch kein Mensch
gewußt!

Dackl.

Meine Geschäftsgeheimnisse werd' ich Ihnen verraten — ausgerechnet! Wie ich schon bin! Heut — bei der Konkurrenz!

Lampl.

Gehen's, Dackl, san's fesch, machen's keinen Pflanz! Unter Kollegen!

Frau Bininska.

O ja, ich bitte sehr, Herr Doktor, erzählen Sie — ich bin ganz aufgeregt!

Bininski.

Vergiß nicht, Muschka, daß Du morgen spielst! Rege Dich nicht auf!

Dackl.

Nu, das wär' doch die verkehrte Welt — wenn Sie sich aufregen über mich! Was is das für a Einteilung!

Frau Bininska.

O, Sie sind so schlimm!

Lampl.

Also schaun's, machen Sie keine Geschichten!

Dackl.

Und mei' Nimbus? Sie werden sagen: Das ist die ganze Kunst? Gott, wie einfach! Und dann werden Sie glauben, daß der Salomo doch noch gescheiter gewesen ist als ich! Hab' ich das nötig?

Lampl.

Laffen's Ihnen nicht so lange bitten — Sie sind wirklich ein Aff'!

Resi

(tritt ein). Gnä' Frau, der Herr Vater is da.

Lampl

(triumphierend). Was hab' ich g'sagt? Aber jetzt paß auf: jetzt reden wir absolut nicht davon — er muß anfangen. Paß auf, wie's ihn drucken wird; er thut natürlich, als ob er von gar nix wüßt'. Aber wart' nur, wart'! (Er geht in das Vorzimmer.)

Bininski

(ist einstweilen zu Dackl gegangen). Wissen Sie, das sind eben so schwere Sachen mit dem Direktor. Ich will ja gegen den Direktor nicht hetzen, ich bin doch sehr befreundet mit ihm. Ich sage das auch bloß zu Ihnen, weil wir doch gute Freunde sind. (Geheimnisvoll.) Der Direktor versteht meine Frau nicht zu würdigen! Ich bitte Sie! Da hat er immer Operetten mit langen Geschichten, und der singt ein Couplet, und da ist ein Chor, das will doch das Publikum gar nicht: das Publikum will meine Frau sehen, weil es da Sachen sieht, die es noch nicht gesehen hat, wirklich noch nicht! (Er spricht mit Dackl weiter.)

4. Scene.

Die Vorigen.   Der alte Lampl.

Der Alte

(kleiner Herr von etwa siebenzig Jahren, aber noch sehr beweglich und frisch. Charakteristische Alt-Wiener Figur, etwa wie der alte Bauernfeld in den letzten Jahren. Immer raisonnierend und mißvergnügt, dabei eigentlich sehr lustig und gutmütig). Habe die Ehre! Grüß' Di' Gott, Fanny, wie geht's denn alleweil, geht's gut? I hab's dem Alois schon g'sagt — es is a Zufall! Zufällig bin ich bei an meinigen Freund g'wesen, der wohnt da um die Ecken, is an alter Spezi von mir, und wie i jetzt z' Haus gehen will, fällt mir ein, da bist ja in der Nähe von Dein Buben, schaust amal nach, wie's ihnen alleweil geht.

Lampl

(vorstellend). Mei' Vater — das ist der Herr Dackl vom Welt-Blatt.

Der Alte.

Freut mich, freut mich! Ein feines Blattel, sehr a feines Blattel — alle Achtung! Ich bin auch amal drin gestanden, wie ich mein fünfundzwanzigjähriges Jubiläum gefeiert hab'. I muß das Bildel noch irgendwo haben. — (Nimmt einen Zeitungsausschnitt aus der Brieftasche.) Sehen's! Is aber auch ka Kleinigkeit: fünfundzwanzig Jahre Hausmeister in demselben Haus!

Dackl.

Gott, warum schreiben Sie nicht Ihre Memoiren?

Lampl.

Und den Herrn Bininski kennst ja.

Bininski.

Aber gewiß, wir haben schon lange das Ver=
gnügen!

Der Alte

(abwehrend, indem er zwei Finger der linken Hand hebt).

Na jetzt, das! Da kennen's mich noch schlecht,
wann Sie glauben, daß das ein Vergnügen ist!
Fragen Sie amal meinen Herrn Sohn — der
macht das Vergnügen jetzt schon seit vierzig Jahren mit.

Fanny.

Sie trinken doch ein Glas Wein, Vater!

Lampl.

Aber natürlich! Komm, setz' Dich da gemütlich
her —

Der Alte.

Na, jetzt weißt: Euer Wein! A gut's Tröpferl
hab' ich scho' gern, aber wo giebt's denn das heut
noch? (Er hat sich gesetzt.) Es is a Kreuz! Kinder,
ich sag' Euch's; es seib's arme Leut'! Es giebt kan
ordentlichen Wiener mehr, es ist ein G'frett!
(Sehr lebhaft.) Denk' Dir, heut — was mir heut
passiert! I komm' wieder amal in die Stadt und
will durch die Kärtner=Straßen gehen. Ja, da is
ja gar ka Kärtner=Straßen mehr da — da reißen's
ja alles weg! Daß die Polizei das erlaubt — zu
was haben mer denn dann eigentlich a Polizei?

Lampl.

Magst a bißl was zum Schnabulieren?

Der Alte.

Na, na — dank' schön! I darf mit mein
Magerl keine Künsten mehr machen — a Schalerl
warme Suppen auf b' Nacht, sonst bin i morgen
wieder den ganzen Tag net in Ordnung! Aber
wann die Fanny niz dagegen hat — mei Pfeiferl
möcht' ich gern rauchen!

Lampl.

Jessas, da hab' i ganz vergessen! (Er holt eine
lange sogenannte Kaffeehauspfeife und einen Tabaksbeutel.)

Der Alte.

Es g'hört sich ja eigentlich net, i waß schon;
es is net recht gebildet! Es seib's ja gar a so a
noble Generation! Aber, mei' Gott, müßt's halt
a bißl Mitleid haben mit an so an armen alten
Wiener, der no' von damals übrig is. Es is a
Kreuz!

Fanny.

Aber Vater!

Der Alte

(zu Lampl, der ihm die Pfeife stopfen will; indem er seinen
eigenen Tabaksbeutel herausnimmt). Na, na, i dank' Dir
schön, aber i rauch' schon mein eigenen Tabak.
Wann i a an armer Hund bin, schenken brauch'
ich mer niz z'lassen.

Bininski

(der sich mit Dackl abseits von den anderen links hinter das

Klavier gesetzt hat und eifrig mit ihm spricht). Ja, sehen Sie, das ist eben sein Fehler! Der Direktor ist ein ganz lieber Kerl, aber er versteht das heutige Publikum nicht, er ist zu wenig modern! Er glaubt immer noch an die spannende Handlung und große Musik und schöne Dekorationen! Ja, das geht heute nicht mehr! Das Publikum will eine interessante Frau sehen und — so interessant als möglich! Ich habe jetzt selbst ein Stück geschrieben, aber der Direktor will nicht.

Dackl.

Sie haben ä Stück geschrieben? Und davon hört man gar nichts, das weiß man gar nicht, das steht nirgends — Mensch! Was ist das für ä Stück?

Bininski.

Warten Sie, ich glaube ich hab' die Skizzen bei mir. (Nimmt einige lose Blätter aus seiner Brieftasche.) Da, sehen Sie, da ist gleich eine. (Stolz.) Was?

Dackl

(das Blatt betrachtend). Nu, das is a Gipsfigur!

Bininski.

Das ist die Venus von Milo — und da!
(Giebt ihm ein anderes Blatt.)

Dackl.

Was is das?

Bininski.

Die Diana. Und da!

Dackl.

Lauter Gipsfiguren?

Bininski

(strahlend). Nur Trikot — blaßrosa Trikot, so eine gewisse Stimmung — und -- na, das wissen Sie ja doch, lieber Freund, wie meine Frau gewachsen ist. Das Stück geht fünfhundertmal! Wollen Sie wetten?

Dackl.

Was soll ich wetten? Bin ich der Rothschild?

Bininski.

Schauen Sie sich das nur an! (Enthusiastisch.) Diese Linien! Da zum Beispiel — Aber auch da! Nicht?

Dackl.

Aber die arme Frau kann doch nicht den ganzen Abend bloß so auf der Bühne steh'n?

Bininski.

Ja, da muß er sich eben noch ein Stück dazu machen lassen, so für die Zwischenpausen! Ja, dazu hab' ich nicht die Zeit! Das soll er sich in der Kanzlei machen lassen, von einem Beamten! Aber die Idee? Was sagen Sie zu der Idee?

Dackl.

Gott, Sie sehen doch, daß ich ganz weg bin! (Sieht auf die Uhr, steht auf und geht nach der Mitte.)

Bininski

(ihm folgend). O, wollen Sie schon gehen? Wir gehen mit Ihnen! Muschka, wir müssen auch gehen — Du sollst doch morgen singen!

Fanny.

Aber schaun's, jetzt sind wir gerade so gemütlich — es ist ja noch gar nicht spät!

Lampl.

San's nicht fad, Dackl! Bleiben's noch a bissel da!

Dackl.

Ich muß doch! Ich muß in die Redaktion!

Lampl.

Ah, was haben's denn jetzt in der blöden Redaktion zu thun?

Dackl.

Kann ich wissen? Denken Sie sich: der Sonnen=thal kriegt abends an Schnupfen — und wir haben das morgen nicht im Blatt! Ich bin ruiniert —!

Lampl.

Ah, der Sonnenthal kriegt heut' kein' Schnupfen —

Dackl.

Hören Sie mir auf, ich trau' keinem Menschen mehr! Die Leut' sind so boshaft! Wie ich mir amal an freien Abend machen will — oi, oi, der eine stirbt, der andere geht durch — ausgerechnet an dem einen Abend! Ich sag' Ihnen: die Leut' sind zu boshaft!

3*

Frau Bininska

(hat Fanny umarmt und geküßt). Also morgen — wir kommen morgen ganz gewiß ein bißchen, Nachmittag.

Fanny.

Abieu, ich dank' Ihnen noch recht schön!

Bininski.

O, wir haben Ihnen zu danken, berühmte Frau! (Er küßt Fanny die Hand.)

Lampl.

Resi, eine Kerzen!

Bininski

(sich gegen den alten Lampl verneigend). Herr von Lampl!

Der Alte.

Habe die Ehre! Küß die Hand!

Dackl

(zu Lampl). Also, Sie sind nix mehr bös auf mich, Herr Lampl?

Lampl.

Aber! (Er begleitet sie hinaus.)

Fanny.

Einen Augenblick, Vater! (Sie begleitet die Gäste.)

5. Scene.

Der alte Lampl allein.

Der Alte

(bleibt eine Weile ruhig sitzen und sieht den Abgehenden kopf-schüttelnd nach, ruhig seine Pfeife schmauchend; dann steht

er auf, kommt vor, geht hin und her, sieht wieder hinaus,
schüttelt wieder den Kopf und sagt nachdenklich). Leut'
giebt's, Leut'! San merkwürdig, die neuchen Wiener!
Bist halt ein alter Tepp!

6. Scene.

Der alte Lampl. Lampl. Fanny.

Fanny
(eintretend). Löschen's draußen aus, Resi!

Lampl
(eintretend). Bringen's noch a Flaschen Wein, dann
können's schlafen gehen.

Fanny.
Na, wie geht's Ihnen denn eigentlich immer,
Vater?

Der Alte
(setzt sich; vertraulich). Du! die wär'n mir z'wider,
der polnische Bruder mit der dicken Frau! Die
wär'n mir recht z'wider! Solche Leute hat's früher
gar net geben! Zu meiner Zeit is einer höchstens
a Böhm g'wesen — und da hat er sich schon
g'schamt! Ich sag's ja alleweil: nur net alt werden!
Es is a Kreuz!

Fanny
(bei ihm sitzend). Ah, gehen's Vater, heut' haben's
wieder Ihren melancholischen Tag.

Lampl

(sich zu ihnen setzend). Du, den Wein sollst doch kosten! Das is wirklich ein Weinderl!

Der Alte

(ironisch). Glaub's schon, glaub's schou — Ös seid's ja jetzt überhaupt riesig nobel! Na, i gratulier'! Wer zahlt denn das?

Lampl

(lustig, indem er Fanny ansieht und ihr verständnisvoll zuzwinkert). Ja, wer's hat, der kann's thun! Ich habe doch einen Beruf! Ich bin ein berühmter Kritiker!

Der Alte.

Und die Zeitung zahlt alles? Schau, schau! Na, da kann man Dich wirklich beneiden.

Lampl

(lustig). Ja, so eine Zeitung zahlt viel..

Fanny

(setzt sich an das Klavier und spielt leise).

Der Alte

(nach einer Pause). Des Weinderl ist wirklich nicht schlecht.

Lampl.

Gelt?

Der Alte.

Schön spielt sie, sehr schön! Des muß man ihr lassen.

Lampl.

Ja, das kann sie.

Der Alte.

Mir scheint überhaupt, sie is recht musikalisch!

Lampl.

Oh ja, musikalisch is sie schon! (Muß lachen, geht zu Fanny und küßt sie lachend.) Siehgst es, der Vater sagt auch, daß Du recht musikalisch bist!

Der Alte

(gereizt). Ja, was giebt's denn da zum Lachen? I sag' halt meine Meinung. I bin ja bloß an alter Wiener. — Natürlich, i versteh' ja nix. — Ös seib's ja heutigen Tags viel g'scheiter. Mein Gott, Ös müßt's halt noch a bißl warten, lang werd'n mer Enk eh net mehr genieren!

Fanny.

Aber Vater! (Spielt weiter.)

Der Alte.

Na ja, weil's wahr ist! Was thut er mi' denn frozzeln? Wann i a an alter Tepp bin — i kann mi' ja nit selber derschlagen!

Lampl.

Geh', Vater, wir trinken noch a Glasel. (Schenkt ein.) Sollst leben!

Der Alte.

Na ja, na ja, aber das Frozzeln kann i net

leiben. (Er stoßt an und trinkt.) Seib's denn jetzt gar
so groß? I waß ja nix, i leb' da in mein Vorort
— mein Gott, in Penzing san mir halt ruhige
Leut', mir erfahren nix!

Lampl
(leise zu Fanny). Merkst es, wie's ihn druckt!

Der Alte.
Na ja, bis man in Penzig was erfahrt — da
kannst alt werden! Wannst morgen Minister wirst,
darfst net beleidigt sein, wann i Dir net gratulier'!
In Penzing waß man's halt no' net.

Lampl
(lustig). I werd' Dir's scho' schreiben, Vater, wann
i Minister werd'!

Der Alte.
Ah, geh', Du bist a Halobri! Du thust' an nix
als frozzeln. (Trinkt.) Aber des Weinderl is wirklich
gut! (Nach einer Pause.) Du, was hat er denn da
g'meint, der Polack, wie er g'sagt hat: Berühmte
Frau? Was soll denn dös auf einmal sein?

Lampl.
Was hat er g'sagt!

Der Alte.
Dös wirst doch g'hört haben, wie er zur Fanny
g'sagt hat: Leben Sie wohl, berühmte Frau!

Lampl.
Aber geh'!

Der Alte.

Na, i hab's doch g'hört! Wann i was mit meine Ohren hör', mit meine alten Wiener Ohren —

Lampl

(lustig). Na, da hat er halt g'meint, weil sie die Frau von so einem berühmten Kritiker is!

Der Alte.

Ah so! Du bist jetzt so berühmt! Des hab i net g'wußt!

Lampl

(leise zu Fanny). Es druckt ihn fürchterlich!

Der Alte

(nach einer Pause). Du, mir scheint, Du plauschst mich an!

Lampl.

Warum denn?

Der Alte.

Na, i mein' nur! J kenn' Di ja!

Lampl.

Schön spielt sie, gelt?

Der Alte

(nach einer Pause). Du, Alois, was is denn da gestern in der Zeitung g'standen?

Lampl.

Was denn?

Der Alte.

J waß net, i hab' nur so reden gehört, im Caféhaus —

Lampl.

Wo benn?

Der Alte.

Im Weltblatt, auf der dritten Seiten!

Lampl

(luftig). Geh'! Über wen benn?

Der Alte

(geheimnisvoll). Daß nämlich die Fanny diejenige is, die was — aber es thut's mich ja bloß frozzeln!

Lampl

(heftig). Sieghst es, Vater, des gift' mi ja so an Dir! Kannst nicht kommen und sagen: Kinder, des freut mi, i gratulier' Enk!

Der Alte.

Ja, zu was benn? Zu was benn? I weiß ja gar nix.

Lampl.

Geh, Vater, wannst nur mit uns net Theater spielen möcht'st, das hat ja gar kan Sinn! Mußt an benn a jebe Freud' verberben? Na also: die Oper is von der Fanny! Des gift Di wohl schon wieder, baß mer an Erfolg haben? Natürlich, Du hätt'st am liebsten, wann ma' betteln gehn müßt'!

Fanny

(hört zu spielen auf). Geh', Alois, schäm' Dich!

Lampl.

Weil's wahr ist! Keine Freud' kann ma' haben!

Jetzt fin' mer endlich oben — zwanzig Jahr' hab'
ich mich geschunnden, zwanzig Jahr' hat er mich
gehunzt — i hab' ja nix sagen können, aber jetzt
bin ich wer! Jetzt könnt'st einem wirklich die Hand
geben und sagen: Schau, ich hab' Dir unrecht
g'than, Du hast es doch erreicht!

Der Alte.

Ja, mei Lieber, i weiß ja nix! I weiß ja gar
nix.

Lampl

(immer heftiger und erbitterter werdend). Natürlich, Du
bist wieder wie a Lamperl auf der Wiesen! Das
is immer so g'wesen — damit hast Du mich aus
dem Haus fortgetrieben, wie i beinahe noch a Kind
g'wesen bin; damit hast Du mir jede Freud' ver=
bittert und damit hast Du es schließlich dahin ge=
bracht, wo mer heut sind: daß Du mit Deinem
einzigen Kind net reden kannst, ohne daß mer nach
einer halben Stund' zum Raufen anfangen.

Fanny

(beschwichtigend). Alois, Alois!

Der Alte

(mit einer ironischen Geberde). Lass'n nur ausreden!

Lampl

(ohne sich unterbrechen zu lassen). Und ich weiß ja ganz
genau, wie das kommen is: ich kenn' Dich ja so
genau!

Der Alte

(lächelnd). Schau, schau!

Lampl.

Ja, lach' nur, mir ist oft zum Weinen g'wesen! Weinen hätt' ich oft können über Dich vor Wut! Weil Du es nie vertragen hast, daß es mir gut geht, und weil Du Dich immer g'freut hast, wenn's mir schlecht gangen ist!

Fanny.

Aber geh', Alois, das hat wirklich gar keinen Sinn!

Lampl.

Laßt's mi' jetzt ausreden! Er soll's amal hören!

Der Alte.

Laß'n nur ausreden!

Lampl.

I hab' a hart's Leben hinter mir, ich hab' nix zum Lachen g'habt. Und wann ich denk', daß ich alles hab' allein tragen müssen, daß mir niemand g'holfen hat —

Fanny.

Schau, Alois, jetzt wirst wirklich ungerecht —

Lampl.

Von Dir red' i net! Aber bei dem, der mei' eigener Vater ist, der mir hätt' helfen können — a freili'! da wär' i schön ankommen! Na, a Beamter

hätt' i werden sollen, weil das seiner Eitelkeit ge=
schmeichelt hat. Haft Du in den ganzen zwanzig
Jahren einmal a gutes Wort für mich gehabt? Ja,
ausg'lacht haft mich, wenn's mer schlecht gangen
is! G'freut hat's Dich, daß Du recht behalten haft.
(Ihn kopierend). „Siehgst es, siehgst es, wär' halt
doch besser g'wesen, Du hätt'st mir g'folgt und
wärst schön ein Beamter worden!" Jessas, Jessas,
wie oft hab' i das hören müssen in den zwanzig
Jahren! Aber schließlich, Vater, hab' halt doch i
recht behalten und net Du! (Triumphierend, indem er
vor ihm auf den Tisch schlägt.) Heut, Vater, heut zeigt
sich's, daß do i recht g'habt hab' — und Du haft
unrecht gehabt! Heut bin i mehr, als wenn i a
braver Sohn g'wesen und a kleiner Beamter worden
wär'. Heut bin i wer — und das bin i auf mein'
eigenen Weg worden, auf dem Weg, den Du für
schlecht g'halten haft! Aber jetzt will i a, daß
Du das einsehen sollst, daß Du das zugiebst und
daß Du endlich einmal zu mir sagst: Alois, recht
haft g'habt!

Der Alte.

Bist jetzt fertig?

Lampl

(erleichtert und plötzlich ganz ruhig). Jetzt bin i fertig.
Ich hab' Dir's nur amal sagen wollen. Deswegen
brauchn mer uns gar nicht zu streiten, aber mi'
hätt's gefreut, wenn Du kommen wärst. und hätt'st
einem herzlich Glück gewünscht, wie einem halt die
anderen Leut' Glück wünschen.

Der Alte.

Ja mein! Schau, so herzlich wie Deine polnischen Freund' san mir alten Wiener halt net.

Fanny.

Gehn's, Vater, thun's ihn nicht noch reizen!

Der Alte.

Pscht! Jetzt reb' i! Jetzt will i amal reden! Ist das mein Recht oder nicht? Na, alsbann. (Gezwungen hochdeutsch.) „Der Angeklagte hat das Wort!" Alsbann, meine Meinung is: Du bist immer a Wurstel gewesen und Du wirst immer a Wurstel bleiben: Du wirst in Dein' Leben net mehr g'scheit! I bitt' Di', Alois, wann man Di' so hört! I soll Dir neidig sein, a Vater seinem einzigen Kind! Geh', das glaubst ja selber net — und wann's das wirklich glaubst, Alois, na, da sieht man eben, daß Du selber keine Kinder hast! Z'wider, ja mein, z'wider werd' ich schon manchmal g'wesen sein, das will i schon glauben; z'wider bin i mir selber oft g'nug g'wesen. Aber, Du sollt'st Dir halt denken: Laß'n mer den alten Mann no' die paar Jahrln — wie lang kann's denn no' dauern?

Fanny.

Gehn's, Vater, er hat Sie doch nicht kränken wollen!

Lampl

(beschämt, beinahe verlegen). Kränken hab' ich Dich wirklich net wollen! Es is nur — wann man

bedenkt, was ich in den letzten Monaten alles durch=
g'macht hab'! Ich sag' Dir, Vater, es wär' wirklich
ka' Wunder, wann ma verruckt wurd'!

Der Alte.

Na, mir scheint, des hast Du nicht mehr nötig!
Wann man seinem alten Vater zutraut, daß er
einem neidig is —

Fanny.

Aber gehn's Vater, hören's doch auf! Schau'n
Sie, das wissen Sie halt nicht so: wenn ein Mensch
einen großen Erfolg hat, da wird er g'rad', als
wenn einer zu viel trinkt.

Der Alte.

Kinder, Kinder, jetzt möcht' i aber doch bitten,
jetzt kenn' i mi' gar nimmer aus. Vom wem is
denn jetzt die Oper?

Lampl.

Du hast es doch in der Zeitung g'lesen.

Der Alte.

I bitt' schön, im Weltblatt is g'standen: Die
Oper is von der Frau Fanny Lampl!

Lampl.

Na freilich!

Der Alte.

Aber, es redt's jetzt alleweil, als wann's von
Dir wär'!

Lampl.
Des is doch ganz dasselbe!

Fanny.
Ja, das is wirklich gleich, Vater!

Der Alte.
Wann'st glaubst! I kenn' mi' ja heutzutage net mehr aus! Wie mei' Selige noch g'lebt hat — freili', das is jetzt schon mehr als dreißig Jahr' her, aber damals is es halt so g'wesen: an' Tag hat sie's Hausthor aufg'sperrt und den anderen Tag hab' i aufg'sperrt. Wann sie aufg'sperrt hat, hat sie's Sechserl kriegt. Wann i aufg'sperrt hab', hab' ich's g'nommen. Es müßt's halt an' andere Ein- teilung haben, wie halt heut' alles neuartig is!

Lampl
(lustig). Ja, in dem Punkt san mer wirklich anders. Sie und ich, da giebt's bei uns ka Einteilung! Gelt, Tschaperl? (Er küßt Fanny.)

Fanny
(indem sie ihn lachend küßt). Da hat er recht, wir teilen nix ein, dazu reicht's nicht!

Der Alte.
Na, wie's halt glaubt's! Es seib's ja heut- zutage viel g'scheiter wie wir, bös waß i schon lang! (nach einer kleinen Pause, gemütlich.) Alois, ich mach' Dir an Vorschlag, söhnen mer uns aus! Schenk

Deim Vater noch a Tröpferl ein, wann er a an alter Neidhammel is!

Lampl

(einschenkend, herzlich). Aber Vater!

Der Alte.

Alsdann, wann mer jetzt wieder gut sein — i hätt' a Bitt'!

Lampl.

Was benn?

Der Alte

(ein bißchen verlegen). Waßt, mei Spezi hat mi' heut' schon g'fragt, wie denn die Oper von der Fanny is, ob i nix pfeifen kann. Mein Gott, 's Pfeifen is allerweil mei' Spezialität gewesen, des is in Penzing bekannt; i pfeif' a wirklich net schlecht, des darf i schon behaupten. Alsdann, wann mir die Fanny vielleicht was vorspielen möcht' aus ihrer Oper!

Fanny

(ist an das Klavier gegangen und fängt zu spielen an, indem sie leise dazu summt).

Lampl

(zu Fanny). Den Chor von den sieben Zwergen mußt ihm spielen!

Fanny

(geht in eine andere Melodie über).

Der Alte

(horcht auf, zu Lampl). Du, das is fein! Das sag'

4

Dir i! Da liegt was drin! (Er schlägt leise den Takt
dazu.)

Lampl.

G'fallt's Dir, Vater?

Der Alte

(nickt schmunzelnd und fängt leise zu pfeifen an; nach einer
kleinen Pause). Du, das soll's noch amal spielen!

Fanny

(spielt dieselbe Melodie kräftiger noch einmal).

Der Alte

(pfeift mit, indem er dazu mit der Hand Takt schlägt).

Der Vorhang fällt.

Zweiter Aufzug.

Sehr eleganter, pompöser Salon, mit Gemälden und schweren Teppichen glänzend ausgestattet. Palmen, hinten ein großer Erker, rechts und links Thüren mit Draperien. Alles ist noch ganz neu. Man merkt, daß die Einrichtung eben erst fertig geworden ist. Links auf dem Boden eine Reihe von Lorbeerkränzen und allerhand Photographieen, daneben Teppiche und Polster, dabei steht eine große polychrome Büste der Fanny. Eine Leiter an der Wand hinter dem Klavier, das ein wenig verschoben ist.

1. Scene.

Lampl auf der Leiter an der Wand, dekorierend, mit einem Hammer und Nägeln. Ein Tapezierer, später Fanny.

Lampl

(auf der Leiter stehend, hat eben einen Nagel eingeschlagen). So, endlich! Des san Wänd' in die neuchen Häuser — an jeden Nagel bricht man ab! (Schlägt den Nagel noch fester ein.) So! Jetzt geben's mer amal das Grünzeug her! (Er zeigt auf die Lorbeerkränze.)

Der Tapezierer (reicht ihm einen Kranz.)

Lampl

(nimmt den Kranz und befestigt ihn). Sakrament, is des

4*

schwer! (Er nagelt weiter und befestigt noch andere
Kränze; dann, indem er die Schleifen ordnet und die In-
schriften liest.) Der genialen — der genialen —!
Des muß man ja sehen! Damit die Leut' gleich
wissen, bei wem sie sind! Ist das nicht zu hoch?
Können Sie's lesen? Probieren's amal!

Tapezierer
(von unten buchstabierend.) Der — ge—ni—a—len
Tonbichterin —

Lampl.
Bravo! Gut ist's! Des andere brauchen mer
nicht! Wann man nur waß, daß wir genial sind
— das ist die Hauptsache! (Hämmert noch.) So!
Und jetzt — da hängen mer an' Kollegen her!
Geben's den Beethoven her! Der soll a a Freud'
haben! (Hängt ein Bild von Beethoven auf.) So! Jetzt
wärn' mer ja so ziemlich in Ordnung!

Tapezierer.
Bis auf die Büsten! Wo kommt denn die hin?

Lampl.
Na, mein Lieber, die thu' mer in mein Zimmer,
in die Bibliothek — wir haben ja jetzt eine Bib=
liothek! Gehn's, tragen Sie's gleich hinüber!

Tapezierer
(nimmt die Büste und trägt sie fort; links ab).

Lampl
(steigt von der Leiter und betrachtet den Salon). Groß=
artig! Mir san jetzt in einer Weise nobel — na

ja, wer's hat, der kann's thun! (Schiebt das Klavier an die Wand.)

Fanny
(von rechts, in die Couliffe sprechend). Gehn's, warten's einen Moment, ich werd' mit meinem Mann reden. Du, Alois!

Lampl.
Ja, was ist denn? Da schau amal her, geniale Tondichterin! G'fallt's Dir?

Fanny
(gleichgültig). Sehr schön! Aber —

Lampl
(indem er während des folgenden immer noch hämmert und klopft). Was denn?

Fanny.
Der Photograph ist hier von der Adele. Du follst gestern dagewesen sein und verboten haben, daß meine Bilder ausg'stellt werden.

Lampl
(lauernd). Stimmt!

Fanny
(ungeduldig). Aber schau, was ist denn das? Ich hab's ihm doch ausdrücklich erlaubt! Meine Bilder werden jetzt verlangt — und es ist doch eine ganz gute Reklame!

Lampl.
Ah freili — Reklame! Am Graben hängen, neben den Barrisons — meine Frau! A na — mei Liebe! Das paßt mir nicht!

Fanny.

So geh', sei nicht kindisch! Was macht Dir
denn das?

Lampl.

Es paßt mir nicht, Madame! Das wird wohl
genug sein — oder nicht? Das wern' mer doch
sehen, ob ich mir das gefallen lassen muß! Ich
geh' einfach auf die Polizei! Wenn ich ein einziges
Bild von Dir seh' —

Fanny

(resigniert, beschwichtigend). Also gut! Wenn Du
nicht willst! Aber der Photograph sagt, daß es
mir schaden wird. Die Leute wollen jetzt Bilder
von mir haben.

Lampl

(immer mit der Ordnung der Möbel beschäftigt.) Die
Leute werden nicht sterben, wenn sie kein Bild von
Dir haben. Wirst Du halt ein bißl weniger
berühmt werden! Das ist auch kein Unglück! Mir
paßt es nicht, daß sich ein jeder Lump meine Frau
am Graben um einen Gulden fünfzig Kreuzer kaufen
kann — verstanden? Und jetzt schmeiß' den Photo=
graphen hinaus.

Fanny (wendet sich stumm zum Gehen).

Lampl.

Tschaperl, bist bös?

Fanny

(an der Thüre, verstimmt). Nein! Warum soll ich
denn bös sein? (Kalt.) Du bist halt kindisch!

Lampl

(trotzig). Mir paßt das eben nicht! Vor der Hand bist Du eben noch eine anständige Frau — verstanden?

Fanny.

Wie Du willst! (Ab nach rechts.)

2. Scene.

Lampl.

O die Weiber, die Weiber! (Mit einem komischen Blick zum Himmel.) Lieber Gott, auf die Erfindung brauchen's Ihnen nix einz'bilden.

3. Scene.

Der Vorige. Resi.

Resi.

Es ist schon wieder ein Herr da. Er fragt nach'n Herrn Doktor.

Lampl.

Er soll mich gern haben. Ich häng' jetzt gerad' die Bilder auf.

Resi.

Er hat aber g'sagt, das macht nix. Ich soll nur seinen Namen sagen. Nagele hat er g'sagt.

Lampl.

Ah, Sie sind verruckt! Nagele? Mein Chef, der Herausgeber der Morgenpost? Sie sind ein Viech!

Resi.

Na, da is doch feine Karten! Er is a so a
kleiner, dicker Herr, der alleweil husten muß. Ich
hab' eh' g'sagt, Sie werden nicht zu Haus sein!
Aber da hat er g'lacht und hat mir eine Dachtel
mit'm Stock geben.

Lampl.

Ja, das is er wirklich! Das is mein Herr
Brotherr! Welche Ehre! Das hätte ich mir a nie
träumen lassen, daß der Nußknacker amal zu mir
kommt! Alsbann, lassen's ihn herein! (Nimmt ein Tuch
und staubt sich ab.)

4. Scene.
Lampl. Nagele.

Nagele

(sehr klein und dick. Er hat einen enormen kahlen Schädel,
winzige schlaue Augen und ganz kurze dünne Beine. Seine
Stimme ist heiser und schrill, und er hat die Gewohnheit,
wenn er etwas sagt, dabei krächzend zu lachen, sich am
ganzen Körper zu schütteln und dann heftig zu husten, als
ob er ersticken würde. Auch pflegt er mit dem Stocke, den
er in der Hand hat, um sich beim Gehen stützen zu können,
in die Luft zu stechen, als ob er den Partner durchbohren
wollte. Er spricht mit einem harten, norddeutschen Accent).
Verleugnen? Man läßt sich vor mir verleugnen —
(indem er mit dem Stock gegen Lampl hinstößt.) kß, kß!
Sie gefallen mir! Natürlich! Sind ja jetzt 'n
großer Herr! Hihi. (Fängt zu lachen und zu husten an.)

Lampl.

Sie müssen schon entschuldigen, Herr von
Nagele —

Nagele.

Schon gut, schon gut! Sie — (stößt mit dem Stock gegen ihn und lacht) hihihi!

Lampl.

Bei uns schaut's noch aus, aber wissen Sie, bis man mit so einer neuen Wohnung in Ordnung kommt —

Nagele.

Kenn' ich, hihi! Vor zwanzig Jahren hab' ich in der Schönhauser Allee Seife und Kerzen verkauft, heut' hab' ich mein Palais in der Schwindgasse. Lieber Freund, ich kenn' das Umziehen auch), hihi!

Lampl.

Aber bitte, wollen Sie nicht Platz nehmen? (Schiebt ihm einen Fauteuil hin.)

Nagele

(setzt sich und greift den Fauteuil und die Teppiche prüfend ab). Fein, pikfein! Und alles Tantièmen, lauter Tantièmen? (Er lacht.)

Lampl.

Lauter Tantièmen! Sie dürfen nicht glauben, daß auch Ersparungen von meiner Gage dabei sind, geehrter Herr Chef!

Nagele

(fängt unmäßig zu lachen an). Er uzt mich, er will mich noch uzen! Hihi! (Er broht ihm mit dem Stocke.)

Lampl.

Aber, ich bitte, ich werde mir doch nicht erlauben —

Nagele

(indem er die Tischdecke zwischen die Finger nimmt und reibt).
Fein! Und alles von den Tantièmen! Alle Achtung!
Die Oper muß wirklich gut sein! Hihi! Großer
Mann jetzt — was? Berühmt — was? Lebemann?
(Zwinkert ihm zu und schüttelt sich vor Lachen.) Nun
— nun hören Sie aber meine Idee!

Lampl.

O, Sie haben eine Idee?

Nagele.

Ich habe manchmal Ideen, hihi! Man sieht es
mir nur nicht an! Also, hören Sie!

Lampl.

Ich weiß nicht, aber mir wird so ängstlich.
Wenn Sie eine Idee haben, wird mir ganz ängstlich
um meine Gage!

Nagele

(lachend.) Itzt schon wieder! (Droht mit dem Stocke.)
Aber nein — nein, nein! (Unmäßig lachend und
hustend.) Umgekehrt, umgekehrt!

Lampl.

Um Gottes Willen, Sie werden doch nicht am
Ende —

Nagele.

Ja, ja! Das ist ja die Idee!

Lampl.

Sie wollen mich —?

Nagele

(immer unter Lachen und Husten schreiend.) Ja, ja!

Lampl.

Sie wollen mir was zulegen? Ja, was ist denn mit Ihnen g'schehen? Ihnen müssen's wo austauscht haben!

Nagele

(indem er sein Notizbuch zieht). Schon notiert! Da! Hihi! Sie haben bis jetzt hundertfünfzig Gulden monatlich gehabt — vom nächsten Ersten sollen Sie dreihundert haben!

Lampl.

Den haben's austauscht — der rechte Nagele muß in an' Caféhaus stehen blieben sein!

Nagele

Dreihundert Gulden monatlich statt hundert= fünfzig — das Doppelte! Sie machen die Oper, Sie machen Ihre Konzerte — wie bisher. Wollen Sie?

Lampl.

Sie, das müssen Sie mir aber sofort schriftlich geben! So einen hellen Moment muß man be= nützen, in einer Viertelstund' thut's Ihnen vielleicht schon leid. Ich hol' nur eine Tinten.

Nagele.

Aber bleiben Sie da! Es ist ja schon alles — da is der Kontrakt! Hihi.

Lampl

(will den Kontrakt nehmen). Laſſen's 'n anſchauen.

Nagele.

Einen Moment! Zuerſt müſſen wir noch etwas beſprechen —

Lampl.

Ich bitte, beſprechen wir gar nicht, Sie haben geſagt: Ich krieg' dreihundert Gulden, und alles andere iſt mir Wurſt!

Nagele.

Gut, gut, ausgezeichnet! Hihi! Dann ſind wir ja in Ordnung! Die dreihundert Gulden kriegen Sie, und wenn Ihnen das andere alles Wurſt iſt —

Lampl

(plötzlich mißtrauiſch). Ja, was denn? Was ſoll mer denn nicht Wurſt ſein! Geben's den Wiſch einmal her, laſſen's anſchaun! (Greift ungeduldig nach dem Kontrakt.)

Nagele

(giebt ihm den Kontrakt nicht). Pſt! Nur Geduld — warten Sie! Schön eines nach dem anderen! Alſo: Sie kriegen dreihundert Gulden. Und dafür brauchen Sie nicht um eine Zeile mehr zu ſchreiben, als bisher, nicht um eine Zeile! Schreiben Sie meinetwegen weniger, noch weniger!

Lampl.

Den Gefallen kann ich Ihnen ſchon thun.

Nagele.

Und Sie schreiben, was Sie wollen! Das ist ja so gleich, was geschrieben wird! Hihi! (Lacht und hustet.)

Lampl

(ungeduldig). Na und — und? Dann is ja eh' alles recht.

Nagele.

Ja — aber sehen Sie: Ihre Chiffre paßt mir nicht. A. L., das ist nichts. Das wirkt auf die Leute nicht.

Lampl.

Schreiben's meinen ganzen Namen, das geniert mich nicht, das ist das wenigste.

Nagele.

Na ja — also — jetzt sind wir dabei! Sehen Sie, da kommt nun eben meine Idee! A. L. — das ist nichts! Aber Alois Lampl — das ist auch nichts! Wissen Sie, Alois — das ist kein Name! Alois, Alois — hihi! (Fängt zu lachen und zu husten an.)

Lampl.

Ja mein Gott, das hätten's vor vierzig Jahren meinem Vater sagen müssen! Jetzt ist's a bissel spät.

Nagele.

Ich habe aber eine sehr gute Idee. Schreiben wir Lampl, aber nicht Alois Lampl, sondern Fanny — Fanny Lampl! Wie es jetzt auf dem Zettel bei der Oper steht. Nicht? Hihi! (Lacht.)

Lampl

(leife, indem er fehr ernft wird). Ah fo, ah fo! (Er geht im Zimmer auf und ab.)

Nagele.

Finden Sie die Idee nicht gut? Wir können doch offen reden — wir find doch beide vom Geschäft! Was einer schreibt, wie einer schreibt, das ift ja alles ganz gleich! Der Name! Der Name macht alles! Hihi! (Lacht und huftet.) Ihre Frau hat jetzt den großen Namen — also nützen wir das doch aus! Sie schreiben, fie unterschreibt, ich zahle Ihnen das Doppelte und fo macht jeder ein Geschäft. Nicht? Hihi! (Lacht und huftet; nach einer Pause, da Lampl schweigt.) Nun, reden Sie doch! Sagen Sie!

Lampl

(höhnisch). Ich werd' schon reden, nur Geduld! Ich muß bloß erft —

Nagele.

Nicht wahr? Hihi! Die Idee ift doch glänzend — und dabei fo einfach. Man braucht nichts dazu als —

Lampl.

Als zwei Haderlumpen!

Nagele

(verblüfft). Was?

Lampl.

Den einen hätten wir — fragt fich nur, ob auch der zweite zu haben fein wird. (Immer heftiger.)

Ich glaube nicht, Herr von Nagele! Ich glaube, Sie unterschätzen die Haberlumpen. Für hundert= fünfzig Gulden ist keiner zu kriegen.

Nagele

(sprachlos). Aber, was haben Sie denn? Sie sind verrückt geworden!

Lampl.

Kann schon sein. Ich war immer so verrückt, daß ich von meiner Arbeit hab' leben wollen und nicht vom Betrug. Jawohl, vom Betrug! Was Sie mir da vorschlagen, geehrter Herr, das ist eine solche Infamie — (immer lauter schreiend, indem er auf Nagele eindringt) eine solche Infamie gegen mich, gegen meine Frau, gegen das Publikum —

Nagele

(retirierend, indem er sich mit dem Stocke wehrt). Hilfe! Rühren Sie mich nicht an — ich bin ein armer, alter, schwacher Mann — (Er fängt vor Aufregung zu husten an.)

Lampl

(ruhig). Fürchten's Ihnen net, ich thu' Ihnen nix! Es wär' zu schad' um Sie.

5. Scene.

Die Vorigen. Fanny.

Fanny

(eilig und besorgt eintretend). Was ist denn da für ein Geschrei? Das ganze Haus wird ja rebellisch!

Nagele.

Gott sei Dank, gnädige Frau! Denken Sie sich, er muß verrückt geworden sein.

Fanny.

Was is denn?

Lampl.

Schau Du, daß D' in Dei' Kuchel kommst und red' net! I werd' das schon allein abmachen.

Fanny
(vorwurfsvoll). Aber Alois!

Nagele
(klammert sich an Fanny an). Gnädige Frau!

Fanny.

Aber Herr von Nagele, was haben Sie denn? (Geht auf ihn zu.)

Lampl.

Fanny, ich verbiete Dir —

Fanny
(beinahe heftig). Aber man kann doch einen alten Herrn nicht in so einem Zustand —! (Bemüht sich um ihn.)

Lampl.

Ah, mei' Liebe, wenn mer jetzt auch nobel sind, so nobel sei' mer doch noch net, daß mer mit an jeden Fallotten schön thun müssen! — Weißt Du, was der Herr von mir wollen hat, von mir und

von Dir? Um hundertfünfzig Gulden hätten wir
die Leut' betrügen sollen.

Nagele

(stöhnend). Ich bitte Sie, er ist verrückt! (Er trinkt
ein Glas Wasser, das Fanny ihm reicht.)

Lampl.

Betrügen, einfach betrügen! Ich soll meine
Kritiken jetzt unter Deinem Namen schreiben! Ich
schreib's, aber unten steht Fanny Lampl! Weißt,
was das heißt? Das heißt, meine Sachen taugen nix
mehr, da muß man an Schwindel machen! Wie
man in an Tschecherl den Leuten a hübsche Kassierin
hinsetzt, damit's net merken, wie schlecht der Kaffee
ist! Diese Ehre hat er Dir zugedacht.

Nagele

(zu Fanny). Aber wenn er mich nur anhören würde!
Ich hab' es doch nur gut mit Ihnen gemeint!

Lampl

(im Zimmer auf und ab gehend und sich immer mehr in
Wut redend). Zu was is man denn sein ganzes
Leben ein anständiger Mensch g'wesen, wann man
sich dann eine solche Infamie gefallen lassen muß?

Fanny

(indem sie Nagele untern Arm nimmt und hinausführt).
Sie sehen doch, daß jetzt mit ihm nicht zu reden ist!

5

Nagele

(im Abgehen). Sehen Sie, ich muß es Ihnen er=
klären — Sie sind ja eine gescheite Frau (ab).

Fanny (ab).

6. Scene.

Lampl allein. Später Fanny.

Lampl.

So ein Kerl! Aber wenn man so einen Kerl
erschlagt, wird man eing'sperrt! Schöne Gesetze
hamer — eine Rettungsmedaille sollt' man kriegen,
wann man die Menschheit vor solche Leut' rettet!
(Er kommt wieder zur Leiter und schiebt diese.) Wenn ich
mich aufs Mankeln und Pakeln hätt' einlassen wollen,
da hätt' ich schon vor zwanzig Jahren anfangen
können! Da hätt' ich net auf den elendigen Seifen=
sieder g'wart'! So ein Kerl! (Ruhiger werdend, bei=
nahe vergnügt). Aber ich hab' ihm's ordentlich g'sagt,
ich hab' ihm's g'sagt! Der wird das nicht so ge=
schwind vergessen. Dem is sein Hihi vergangen.
(Indem er das Lachen und Husten von Nagele kopiert.)
So ein Gauner! (Er beschäftigt sich wieder auf der
Leiter mit der Dekoration.)

Fanny

(tritt ein). Schau, Du bist wirklich grauslich —

Lampl.

Ah, ich hätt' mich vielleicht noch bedanken sollen?

Fanny.

Aber man braucht doch nicht gleich so grob zu sein! Und schließlich ist er doch ein alter Herr!

Lampl.

A freilich! Des imponiert mir gar nicht! Daß man einen alten Gauner respektieren muß, bloß weil er alt ist, ah, das wär' eine merkwürdige Theorie.

Fanny.

Und er hat's auch gar nicht so gemeint!

Lampl.

A na, gar net! Bloß an schönen kleinen Betrug, weiter gar nix! Aber bei unserer Wiener Ge= mütlichkeit kannst das größte Verbrechen begehen, wann's Du's nur nicht so meinst! Mir san schon eine glorreiche Bagage!

Fanny.

Jessas, mein Gott, bei einer Zeitung kommen noch ganz andere Sachen vor, das weißt doch selbst!

Lampl.

Ich bin aber keine Zeitung, liebe Dame, sondern ich möcht' gern an anständiger Mensch sein, ver= standen? Fanny, Fanny, fang' mer net solche Sachen an! Du g'fallst mer net mehr, seit Du berühmt bist!

Fanny.

(pikiert). Da wär' ich doch neugierig, was man mir vorwerfen könnt'!

Lampl

(ruhig). Das kann ich Dir schon sagen: Du bist
eitel g'worden, Du stehst stundenlang vor'm Spiegel
und denkst über a neuche Frisur nach, um „bedeutend"
auszuschaun, und auf der Gassen wackelst wie an'
Enten und weißt gar net, wie Du Dich drehen
sollst, damit's die Leute gleich bemerken, daß das die
berühmte Frau is! Aber wart' nur, das treib' ich
Dir schon aus! Gott sei Dank, da bin i da!

Resi

(hinter der Scene rufend). Gnä' Frau, gnä' Frau!

Fanny.

Was is denn, Resi!

Resi

(bringt einen großen Blumenkorb). Schauen's nur, gnä'
Frau, die schönen Blumen.

Fanny

(entzückt). Ah, die sind wirklich wunderschön!   (Sie
kniet bei dem Korbe nieder.)

Resi.

Schauen's die großen mit die langen Stengel
— wie heißt man denn die?

Lampl

(kurz). Von wem sind denn die Blumen?

Resi.

Ein Bedienter hat's gebracht, sehr a nobler
Bedienter! Aber er hat g'sagt, er darf nix sagen.

Fanny

(hat ein Couvert aus dem Blumenkorb genommen, geöffnet und gelesen). Da steht auch bloß: Der genialen Künstlerin! Kein Name!

Lampl

(tritt zu Fanny hin und nimmt ihr den Korb etwas unsanft weg; zur Resi). Also, dann packen's den Salat ein, laufen's dem Bedienten g'schwind nach und sagen's: Eine schöne Empfehlung von mir, aber es is ein Irrtum, hier wohnen anständige Leut'! Vorwärts, g'schwind! (Er öffnet die Thür und wirft den Blumenkorb hinaus.)

Fanny

(heftig). Alois! Du bist wirklich —

Resi.

Jessas, die schönen Blumen! Das is do' a Sünd'.

Lampl

(ungeduldig zu Resi). Na, wird's, wird's bald?

Resi

(brummend). I geh' ja schon, i geh' ja schon! Die schönen Blumen! (Ab.)

Lampl

(ironisch, bitter). Heut is a guter Tag, das muß man sagen! Z'erst der Photograph, dann der Nagele und jetzt — wann das so weiter geht, müssen mer uns um an' Hausknecht umschaun; i werd's allein nicht mehr

dermachen! (Indem er sich Fanny wieder nähern will,
liebenswürdig.) Na Tschaperl — Du bist ja schließlich
doch a g'scheites Weiberl, gelt!

Fanny.
Ah, laß mich in Ruh.

Lampl.
Ja, mei' Liebe, entweder — oder! Entweder
bist Du die Frau Lampl — oder Du willst lieber
die Frau Bininska sein! Aber da mußt Dir halt
einen Bininski dazu suchen!

Fanny.
Wenn Du nur nicht gleich immer so übertreiben
möcht'st! Wegen die paar unschuldigen Blumen —

Lampl.
A ja! Mit a paar unschuldige Blumen fangt's
an — und morgen wär's ein Armband und in
drei Wochen bezahleten die Herrschaften bar!

Fanny.
Alois!

Lampl
(heftig). Und kurz und gut: Ich mag es nicht, ich
mag es nicht! Und ob i recht hab' oder net, das
geht keinen Menschen was an! Ich mag es einfach
net, fertig! Bin i der Herr oder net?

Fanny
(resigniert). Ich bin ja schon ruhig, ich sag' ja so
nix mehr!

Lampl.

Das möcht' ich mer auch ausbitten.

Resi

(tritt ein). Der Herr von Rosetti laßt fragen, ob die gnädige Frau zum Sprechen ist.

Lampl.

Jessas, der Herr von Rosetti mit die schönsten Pferd' von Wien! Der „König der Agenten", heißt's in den Zeitungen! Und i schau aus!

Resi.

Soll i ihn —?

Fanny

(zu Resi). Warten's einen Augenblick! (Zu Lampl, etwas spitz.) Darf ich den Herrn von Rosetti empfangen?

Lampl.

Gehst, hörst net auf? Möcht'st jetzt vielleicht die gekränkte Königin spielen? Rosetti, der große Rosetti! I muß mir nur g'schwind die Händ' waschen. (An der Thüre.) Aber Tschaperl, sei g'scheit, laß ihn net aus, den großen Rosetti!

Fanny

(zu Resi). Ich lasse bitten.

Resi (ab).

Lampl.

Ich laß ihn einstweilen schön grüßen! (Ab.)

7. Scene.

Fanny. Rosetti.

Rosetti

(sehr hübsch, sehr elegant; vierundzwanzig Jahre alt, sieht aber noch viel jünger aus. Glatt rasiert, kurze schwarze Locken, etwas ungemein Einschmeichelndes im ganzen Benehmen. Chlinder, schwarzer Salonrock, Lackschuhe; wunderschöne, große weiße Zähne, die er gern zeigt. Er überreicht Fanny ein kleines Bouquet von gelben Rosen). Küss' die Hand, liebe Freundin! Wie geht's denn immer?

Fanny

(indem sie die Rosen nimmt). Danke schön! O, sind die schön! Wollen Sie nicht Platz nehmen?

Rosetti

(indem er sich setzt). Wollen Sie mir einen Moment Ihr Mädel leihen?

Fanny

(klingelt). Aber natürlich, gern!

Rosetti.

Es ist nur wegen der Pferde! Sie haben gar keine Ahnung, was man sich da ärgern muß.

Resi

(tritt ein). Schaffen?

Rosetti.

Bitte, gehn's einmal hinab und sehen Sie nach, ob mein Johann die Pferde zugedeckt hat! Sagen Sie ihm: Ich erschlag' ihn, wenn sie sich wieder verkühlen!

Refi (ab).

Rosetti.

Pardon, Sie verzeihen! Aber ich hab' die Tiere aus England —

Fanny.

Sehr lieb von Ihnen, daß Sie gekommen sind! (Reicht ihm die Hand.) Ich hab' Ihnen noch gar nicht gedankt! Sie haben meinen Prinzen entzückend gesungen!

Rosetti
(küßt ihr die Hand). Aber ich bitte Sie! Ich war ja so froh! Endlich wieder einmal eine Partie! Die Musik ist wirklich entzückend!

Fanny
(verlegen abwehrend). Sie wollen mir schmeicheln —

Rosetti.

O nein, ich bin gar nicht so! Im Gegenteil! Ich werde Ihnen vielleicht noch Dinge sagen —

Fanny
(lächelnd). Oho!

Rosetti.

Pardon, aber ich sage Leuten, die mich interessieren, gern die Wahrheit! — Und Sie interessieren mich wirklich —

Fanny
(geschmeichelt, doch ironisch). Ah!

Rosetti.

Obwohl Sie eigentlich — Sie verzeihen schon — sehr dumm sind, wirklich!

Fanny.

Oh!

Rosetti.

Es thut mir leid, aber es ist so!

Fanny.

Warum?

Rosetti.

Weil Sie vergessen, daß man die Pferde wechseln muß! Das ist das ganze Geheimnis!

Fanny.

Was heißt das?

Rosetti.

Sind Sie einmal nach Maria=Zell gefahren?

Fanny.

Nein.

Rosetti.

Schade. Am besten ist es, wenn man von Neuberg fährt. Man fährt in der Früh um vier Uhr fort. Die Pferde laufen, daß es eine Freude ist! Nach zwei Stunden kommt man in eine Station, da spannt der Kutscher aus: denn da ist ein Berg. Und so werden die Pferde vor jedem Berge gewechselt. Wenn Sie aber sentimental sind und die alten Pferde behalten wollen, dann kommen Sie niemals nach Maria=Zell.

Fanny.

Was heißt das?

Rofetti.

Sie wiffen es ganz genau, was das heißt.

Fanny.

Nein, ich verfteh' Sie nicht.

Rofetti.

Dann werden Sie eben niemals nach Maria=
Zell kommen.

Fanny
(nach einer kleinen Pause, lächelnd). Schließlich muß
man ja nicht nach Maria=Zell.

Rofetti.

Aber Sie können es — und wer nicht hält,
was er kann, um den ift fchade.

Fanny
(fieht ihn scharf an, nach einer Pause). Was wollen Sie
eigentlich von mir, Herr von Rofetti?

Rofetti.

Ein Geschäft —

Fanny.

Ah!

Rofetti.

Oder eigentlich: Zwei Geschäfte. Eins mit
Ihrer Oper und eins mit Ihrer Perfon, mit Ihrer
ganzen Perfon.

Fanny.

Es ist also eigentlich der Agent, der mit mir
spricht, und nicht der Tenor?

Rosetti.

Nein, der Tenor gewiß nicht! Der Tenor redet
in mir überhaupt nicht, seien Sie froh!

Fanny.

Also der berühmte internationale Agent und
Manager? Ich muß immer lachen, wenn ich davon
höre! Romeo, der Rechnungen revidiert, und der
Prophet, der die Kassa abschließt! Wie sind Sie
eigentlich dazu gekommen?

Rosetti.

Sehr einfach, weil ich mich gelangweilt habe!
Die Langeweile ist überhaupt die größte Macht in
meinem Leben. Dazu kommt, daß es mich geärgert
hat, mein Geld bloß mit vier Prozent zu verzinsen.
Aber an die Börse gehen wie meine Herrn Kollegen?
Und mich von irgend einem kleinen Banquier betrügen lassen? Ich danke! Ich wußte mir ein
besseres Geschäft: den Handel mit Talent! Talent
haben, ist eine schöne Sache — mit Talent handeln,
wenn man es versteht, ist noch viel schöner. Und
so bin ich der große internationale Agent geworden.
Sie wissen, daß ich nicht renommiere.

Fanny.

Nein! Sie sind wirklich als Agent beinahe schon
so berühmt wie als Tenor.

Rosetti.

Und mit mehr Recht! Ich bitte Sie, Tenor kann wirklich jeder sein, man muß eben nur die Stimme habe. Aber zum Agenten gehört Geist, Mut, Energie — man muß ein Künstler, ein Mathematiker, ein Stratege sein. Das ist es, was mich reizt. Sie ahnen ja nicht, wie man sich freut, wenn man wieder ein neues Problem hat! (Lebhaft, vergnügt.) Und ich habe jetzt wieder ein neues Problem — Sie! Ich will Sie managen.

Fanny.

Das Schneewittchen?

Rosetti.

Das zuerst — aber davon brauchen wir nicht mehr zu reden. Das ist schon gemacht. Ich hab' das Schneewittchen heute Ihrem Agenten abgekauft — da ist der Kontrakt! Es wird rasch ins Italienische übersetzt —

Fanny

(erfreut). Sie glauben, daß es auch im Ausland —

Rosetti.

Es wird zunächst in Mailand und in Rom gegeben, im März sing' ich es dann in Nizza, im Mai gastier' ich damit in London, das ist gemacht.

Fanny

(vor Freude ganz verwirrt). O, wie soll ich Ihnen danken?

Rosetti.

Gar nicht. Ich mache ein ganz gutes Geschäft dabei. (Mit starkem Ton.) Aber wir könnten noch ein ganz anderes Geschäft zusammen machen! Wollen Sie mein Mascagni sein? Darf ich ihr Sonzogno sein?

Fanny

(verwirrt). Gott, ich bin ja ganz —

Rosetti

(lebhaft und stark). Ich will Sie lancieren. Sie sind jung, Sie haben Talent — wenn Sie gescheit sind, aber dazu müßten Sie sich mir kontraktlich verpflichten.

Fanny

(beinahe ängstlich). Was heißt das?

Rosetti

(stark). Das heißt vor allem: das müde Pferd da, daß Sie nicht mehr ziehen kann, müssen Sie ausspannen. Ihr Mann ist heute ein Hinderniß für Sie. Räumen Sie's weg! — Darf ich mir eine Cigarette anrauchen? Es plauscht sich gemütlicher. (Er zündet sich eine Cigarette an.)

Fanny.

(hat Rosetti mechanisch die Cigaretten gereicht; geht durch das Zimmer und sagt dann mühsam): Eigentlich sollte ich — wenn Sie so zu mir sprechen —

Rosetti.

Eigentlich sollten Sie mir die Thüre weisen.

Das ist schon wahr, aber es wird Ihnen nicht helfen. Glauben Sie denn, liebe gnädige Frau, ich würde mir erlauben, so zu Ihnen zu sprechen, wenn ich nicht ganz sicher wäre: Sie haben sich das alles längst schon selber gesagt? Tausendmal haben Sie sich das schon selbst gesagt und es ist ganz umsonst, daß Sie sich wehren! Mir können Sie die Thüre weisen — Ihrer eigenen inneren Stimme nicht, mein Kind! Ihnen selbst graut vor dem Gedanken, immer und ewig bei diesem Manne zu bleiben, den Sie ja ganz gern haben — ja! Aber der Sie schon heute nervös macht, nervös und ungeduldig, weil Sie fühlen, daß er Ihnen nichts mehr bieten kann, sondern Sie nur aufhält. Glauben Sie mir, heute macht er sie nervös — in ein paar Monaten werden Sie ihn hassen — Sie werden ihn hassen, erinnern Sie sich an mich! Sie müssen ihn hassen — das liegt in Eueren Naturen! Sie sind — wie alt können Sie sein? Zweiundzwanzig höchstens! Er ist über vierzig — er ist ein müder, fertiger Mann! Und was wichtiger ist: Sie sind auf der hellen Seite des Lebens geboren, wo die Sonne scheint — er auf der anderen, wo man kein Glück hat und immer im Schatten bleibt! Das sind zwei Rassen, die sich nicht vertragen — nie! Und Sie fühlen das selbst — Sie fühlen das heute schon ganz genau! Sehen Sie mich doch an und sagen Sie nein! (Er will sie zwingen, ihn anzusehen, sie wendet sich ab.) Na also!

Fanny

(hat sich während der starken Worte Rosettis in eine Ecke gesetzt und, als ob sie seinen Blick nicht ertragen könnte, ihr Antlitz verhüllt; leise, mehr zu sich selbst). Ich werde meine Pflicht nie vergessen. Ich müßte mich ja verachten!

Rosetti.

Oh, sind wir schon so weit? Sie reden schon von Pflicht? Na! Das wissen Sie ja so gut wie ich: wenn eine Frau an einen Mann nur noch durch die Pflicht gebunden ist, dann ist sie schon frei, dann hat sie sich seiner schon entledigt. Die Frage ist jetzt gar nicht mehr, ob Sie bei Ihrem Manne bleiben werden oder nicht — die Frage ist nur noch, wie Sie von ihm gehen werden: klug, zu Ihrem Vorteil, im rechten Moment, indem Sie vernünftig die Pferde wechseln, wie ich es Ihnen vorschlage — oder, wenn Sie mir nicht folgen, einmal in irgend einer dummen Laune, in einer nervösen Verzweiflung, in einem sentimentalen Anfall, indem Sie sich, wann es vielleicht schon zu spät sein wird, irgend einem verliebten Gecken an den Hals werfen!

Fanny

(empört auffahrend). Herr von Rosetti!

Rosetti

(indem er sie beschwichtigend an der Hand nimmt). Aber, liebe gnädige Frau! Nur keine Empfindlichkeiten! Wir treiben doch nur zusammen ein bißchen Psychologie. Nicht?

Fanny

(macht sich von ihm los und steht auf). Lassen Sie mich!
Wozu sagen Sie mir das alles? Was kommen
Sie und wollen mir meine Ruhe nehmen?

Rosetti.

Mein Gott, es ist mein Geschäft! Ich mache
Ihnen ein Offert! Das ist mein Recht!

Fanny.

Und was würden Sie denn sagen, wenn ich jetzt
Ihrem Rat folge und in fünf Jahren wieder ein
neues Pferd brauchen werde? Sie werden auch
nicht immer ziehen können!

Rosetti.

Wir werden eben sehen, wer stärker ist.

Fanny

(nervös). Ah, ich bitte Sie: das ganze Gerede hat
ja gar keinen Sinn! Es macht mich nur nervös.

Rosetti.

Aber wir wollen doch bloß ganz platonisch einen
Fall verhandeln, der uns beide interessiert.

Fanny

(rasch, scharf). Warum interessiert er Sie? Das frag'
ich mich überhaupt! Wie kommen Sie dazu? Was
haben Sie für ein Interesse an mir, ob es mir gut oder
schlecht geht? Sie werden mir doch nicht einreden
wollen, daß das vielleicht Wohlwollen für mich ist?

Sie werden mir doch nicht zumuten, an eine un=
eigennützige Sympathie von Ihnen zu glauben?
Damit würde ich Sie doch nur beleidigen! Sie
sind doch immer so stolz darauf, daß Sie sich auf
der ganzen Welt für gar nichts interessieren als
für Sie selbst!

Rosetti.

Gewiß. Aber für Sie habe ich doch eine ge=
wisse Sympathie!

Fanny

(ironisch). Ah!

Rosetti.

Da kommen freilich allerhand Dinge zusammen.
Erstens: nehmen Sie mir das nicht übel, es ist gar
nicht bös gemeint — ich mag Ihren Mann nicht!
Sie wissen, er hat mir nie etwas gethan — im
Gegenteil, ich hab' glänzende Rezensionen von ihm,
er schwärmt ja für mich. Aber ich kann mir nicht
helfen: ich mag ihn nicht, weil er zu jenen guten,
braven, anständigen, ja, ja, riesig anständigen, aber
eben nichts als anständigen Menschen gehört, und
das ist so verflucht wenig, wenn einer nichts als
anständig ist! Zu jenen entsetzlich anständigen
Menschen, die immer das Beste wollen. aber halt
bei den schönsten Absichten und mit den größten
Plänen doch leider nichts können! Sehen Sie,
das vertrag' ich nicht, das ist mir einfach fürchterlich!
Ein Schuster, der ordentliche Stiefel macht, und ein
Bandit, der ordentlich plündern kann — alle

Achtung! Wer was kann, ist mir recht — ob's
mir nun paßt oder nicht! Aber diese Ideologen,
die immer „würden" und „hätten", wenn nicht jenes
und wenn nicht dieses — also, das ist eine Rasse,
die man erschlagen sollte! Wenn einer von diesen
eingeht, habe ich direkt ein Vergnügen —

Fanny.

Ich habe meinen Mann nie so gern gehabt als
in diesem Moment — wo Sie so von ihm sprechen.

Rosetti.

Pardon, liebe Freundin, nur keine Sentimen=
talitäten! Wenn ich Sie langweile, brauchen Sie
das bloß zu sagen. Aber „Gartenlaube" wollen
wir uns lieber nicht vorspielen. —

Fanny.

Sie sind roh!

Rosetti.

Aber gescheit! (Er wirft die Cigarette weg.)

Fanny

(nach einer Pause). Sie sind mir noch den anderen
Grund schuldig.

Rosetti

(indem er sie lächelnd betrachtet). Das ist sehr einfach.
Ich habe Ihnen doch schon gesagt, daß ich mich
langweile. Ich langweile mich manchmal zum
Sterben! Was ich vor der Hand erreichen kann,

6*

habe ich erreicht. Was soll mich denn noch reizen?
Ruhm, Geld, Frauen —?! Also lassen Sie mir
meine Marotte! Ich habe einmal die Marotte,
jemanden groß zu machen. Ich möchte — begreifen
Sie das? — ich möchte der liebe Gott für irgend
ein dummes Talent sein.

Fanny.

Und dieses „dumme Talent" soll ich sein?

Rosetti.

Ja, dieses dumme Talent sollen Sie sein! Es
wird nicht Ihr Schaden sein! Mich drängt es,
irgend einen Menschen groß und berühmt zu machen,
bloß um mir selber meine Macht zu zeigen! Und
dieser Mensch sollen Sie sein! Wollen Sie?

Fanny.

Nein.

Rosetti.

Sie sind ungeschickt!

Fanny.

Lieber ungeschickt als schlecht! Lachen Sie mich
nur aus!

Rosetti.

Ich lache Sie nicht aus, aber ich glaube es
Ihnen nicht.

Fanny.

Vielleicht doch — mit der Zeit!

Rosetti.

Warten wir es ab.

8. Scene.

Fanny. Rosetti. Lampl.
Der alte Lampl.

Lampl

(an der Thüre, zum Alten, den er mit sich zieht). Und jetzt wirst erst spitzen, mei' Lieber, nobel, nobel! Des schau Dir an! (Rosetti bemerkend.) Jessas, der Herr von Rosetti! Das is schön von Ihnen! Wie geht's Ihnen denn alleweil? (Er giebt ihm die Hand.)

Rosetti.

Danke schön — und Ihnen?

Lampl

(seinen Vater vorstellend). Das is mein Vater, ein alter Bürger von Wien! Das ist der Herr von Rosetti, berühmter Sänger und sehr ein guter Freund von uns.

Der Alte.

Pscht! Bist schon wieder so vorlaut? A berühmter Sänger kann er sein — meine Hochachtung, Herr von Rosetti! Ob aner aber a Freund von an' is, des kannst nie wissen! Des wird sich erst weisen!

Lampl.

Aber Vater! Was redst denn wieder für an Stiefel? Sie entschuldigen schon, Herr von Rosetti.

Rosetti.

Der alte Herr hat gar nicht so unrecht mit seiner Sentenz.

Lampl

(zum Alten). Alsdann, was sagst denn jetzt? Schau
Di' nur um! Jetzt sa' mer nobel, was? Siehgst
es! Und Du hast alleweil g'laubt, mei' Schneider muß
Criba machen!

Fanny

(peinlich berührt). Aber, Alois!

Lampl

(zum Alten). Magst a Trabukerl? Genier' Dich
nicht! Sogar unser Bedienter raucht Trabuco!
Mir haben ihn zwar noch nicht, aber — wird schon
kommen! Jetzt, wo mer amal nobel sind, giebt's
ka Aufhalten mehr! Na, g'fallt Dir die Wohnung?

Der Alte.

Ah, die Wohnung g'fallet mer schon — warum
denn net? Die Wohnung is ganz fein — aber
Du, mein lieber Alois! Du g'fallst mer net recht!
Na, Du g'fallst mer net! Seit bei Dir das Glück
einzogen is, bist ganz damisch worden.

Lampl.

A freili'! Da war mer dann damisch, wann's
ein' endlich amal a bißl gut geht! Gelt, das ver-
tragst schon wieder net?

Fanny

(zu Lampl). Ich bitt' Dich, fang' nicht wieder an!

Der Alte

(zu Fanny). Laß'n reden! Der wird ja bo net mehr
g'scheit.

Lampl

(zum Alten). Da schau an — schau Di' erst a bißl
um! Dann kannst reden! Der Luster — hast an'
Ahnung, was der Luster kost't? Und die Gemälde
— hast an' Idee? Und dann die Frisur von
meiner Frau — hast schon die neuche Frisur be=
merkt? Du, die mußt Dir anschau'n — des is
auch eine Spezialität von uns! Aber waßt, wenn
man so berühmt is — sie ist nämlich jetzt das
Berühmteste, was mer in Wien haben!

Rosetti

(mit Beziehung zu Fanny). Ihr Gatte ist sehr lustig!

Der Alte

(zu Fanny). Waßt, Fanny, recht g'scheit is er ja nie
g'wesen, aber jetzt is ganz aus.

Lampl

(zum Alten). Ja, Du schaust Dir ja die neuche Frisur
nicht an! Du, des geht nicht — Du wirst die
Dame des Hauses töblich beleidigen!

Fanny

(leise zu Lampl). Blamier' mich doch wenigstens nicht
vor den Leuten.

Lampl

(zum Alten). Siehgst es, da hast es! Sie ist schon
beleidigt! Der gemeine Ton, den wir gewöhnliche
Menschen haben, paßt ihr überhaupt nicht mehr!
Wir wer'n zu an' Tanzlehrer gehen müssen, um

uns edlere Manieren anzugewöhnen! Ja, mei'
guter Vater, des is nicht so leicht, der Gemahl eines
Genies zu sein! Du hast es gut g'habt: die Mutter
is bloß a brave Hausmeisterin gewesen! (Er geht
zur Kredenz, schenkt sich einen Cognac ein und trinkt.)

Rosetti
(leise zu Fanny). Nun, hab' ich recht? Noch nicht?

Fanny
(zu Lampl). Schau, Alois, Du sollst nicht so viel
trinken! Der Doktor sagt immer —

Lampl.
Natürlich! Ich soll überhaupt nichts mehr
anderes thun, als Dich bewundern! Aber ich be=
wundere ja so in einem fort — da muß man sich
doch manchmal stärken! (Er schenkt sich noch einen Cognac
ein und trinkt.)

Resi
(tritt ein). Gnä' Frau, es is a Fräulein da, sie
hätt' bringend mit der gnädigen Frau zum Reden.
Sie is a Deputation, hat's g'sagt. (Giebt Fanny eine
Karte.)

Lampl.
Schon wieder! (zum Alten.) Siehgst es, so erteilen
wir den ganzen Tag Audienzen. (Zur Resi.) Is sie
wenigstens hübsch?

Resi.
So a bißl g'spitzt und g'schnappig, aber net ohne!

Fanny

(die Karte lesend). Fräulein Wechsler! (Zuckt die Achseln.) Ich lasse bitten!

Resi (ab).

Lampl.

Nimm Di z'samm, Vater, daß mer uns nicht blamieren. San mer würdig —

9. Scene.

Die Vorigen. Fräulein Wechsler.

Fräulein Wechsler

(ganz junges, sehr hübsches, kokettes Mädchen mit großen, neugierigen Augen, einfach und mit diskreter Eleganz gekleidet, zugleich schüchtern und doch pretentiös, bei aller Unbeholfenheit doch vorlaut, in der Ausdrucksweise geziert, jedoch mit einem leisen Anklang von Dialekt; wenn sie besonders gescheit sein will, stößt sie ein bißchen mit der Zunge an. Sie trägt in der Hand ein kleines Paket. Zu Fanny, indem sie sich etwas ungeschickt verneigt und dabei zugleich neugierig umblickt). Verzeihen Sie, verehrte gnädige Frau, es ist eigentlich recht unverschämt von mir, aber mein Gott! Würde — Bürde, noblesse oblige. (Selbstgefällig lachend.) Net wahr?

Fanny.

Bitte, nehmen Sie doch Platz!

Lampl

(indem er dem Fräulein mit Geschäftigkeit einen Fauteuil hinschiebt, parodistisch). Bitte sehr, bitte hier, bitte!

Wollen gefälligſt — (Handbewegung, um das Fräulein
zum Setzen einzuladen.) Ich bin nämlich der Gatte —
von der berühmten Frau! Bitte vielmals um Ent=
ſchuldigung!

Fräulein Wechsler

(ſich vor Lampl verneigend). Herr von Lampl, da kann
man Ihnen nur gratulieren! Ich beneide Sie!

Lampl

(parodiſtiſch). Bitte, da ſollten aber doch zuerſt ein=
mal probieren! Wenn vielleicht mit mir tauſchen
wollen —

Fanny

(unangenehm berührt, um den Späßen Lampls ein Ende zu
machen). Erlauben Sie: mein Schwiegervater —
Herr von Roſetti.

Fräulein Wechsler

(hat ſich etwas linkiſch vor dem Alten verneigt; wie ſie den
Namen Roſetti hört, ſehr pretentiös). O, Herr von Ro=
ſetti! Der berühmte Poſtillon! Ich hab' ſchon
g'hört! Natürlich, wo Tauben ſind, da fliegen
Tauben zu!

Roſetti.

(lächelnd). Sie ſind zu liebenswürdig, mein Fräulein!

Fanny

(gleichzeitig). Alſo womit kann ich Ihnen eigentlich
bienen, liebes Fräulein?

Fräulein Wechsler

(zaubert einen Moment, räuſpert ſich und ſagt dann verlegen). Hochverehrte gnädige Frau!

Lampl

(vorstürzend). Sö Fräulein! Wollen Sie eine Rede —?
Es hat Ihnen doch wirklich niemand etwas gethan.

Fanny

(ungeduldig nervös, leise zu Lampl). Ich bitt' Dich,
Alois — wenigstens vor den Leuten —

Lampl

(indem er sich zurückzieht). Entschuldigen.

Fräulein Wechsler

(sehr verlegen und infolge dessen sehr lebhaft und rapid
sprechend). Sehen's, ich hab' ja gleich nicht wollen,
ich hab' gleich g'sagt zu meinen Freundinnen: für
so eine moderne Frau, da paßt ja eine feierliche
Ansprache gar nicht, da thun wir uns höchstens
blamieren. Aber mein Gott, wie das schon in einem
Klub ist, ich bin überstimmt worden. (Selbstgefällig
citierend.) „Vernunft ist stets bei wenigen nur ge=
wesen." Die anderen haben halt g'meint, na —
(Immer schneller redend.) Wir sind nämlich ein ganzer
Kreis — lauter aufgeklärte junge Mädchen, sehr modern!
O, da werden Sie sehr verehrt, gnädige Frau, aber
wie! Wir sind alle in Ihrer Oper gewesen, und
seitdem, — aber die Oper ist auch zu schön! Ich
war schon fünfmal drin, obwohl das doch eine
Auslage is. Wir wohnen in Hernals, und mit der
Tramway will man do net fahren. Aber die Oper
is ja zu schön. Und da haben wir beschlossen:
weil Sie doch die erste sind in Wien, die gezeigt

hat, wie eine Frau — wir sind nämlich alle sehr
für die Emanzipation, der ganze Kreis, weil ja doch
gleiches Recht für alle — obwohl wir, Sie dürfen
nicht vielleicht glauben — o nein, wir sind alle aus
guter Familie; da sind wir sogar sehr streng.

Lampl
(der jedes Wort des Fräulein Wechsler pantomimisch karri-
kiert hat, zum Alten). Vater, gieb mir ein Hackl!

Fräulein Wechsler
(immer in einem Zuge fortredend). Na, und da is beschlossen worden, daß wir Ihnen einen Lorbeerkranz
widmen wollen — schon vor vier Wochen, aber
leider mit den Einzahlungen hat's halt g'hapert —

Lampl.
Daß man so einen Lorbeer nicht auf Raten be-
kommt! Hätten's uns eine Nähmaschin' 'kauft!

Fräulein Wechsler.
Mein Gott! Sie wissen ja, wie das weibliche
Geschlecht unterdrückt ist — und besonders die
jungen Mädchen! (Indem sie einen kleinen silbernen
Lorbeerkranz auspackt, sehr gemütlich.) Aber schön is er,
net?

Fanny
(indem sie den Lorbeerkranz nimmt). Reizend! Ich danke
Ihnen herzlich! Bitte, sagen Sie Ihren Freundinnen, daß ich Ihnen von ganzem Herzen danke!

Fräulein Wechsler.

Bitte, es ist auch eine Aufschrift, bitte nur zu lesen!

Fanny

(lesend). „Der genialen Tonbichterin Fanny Lampl — Die Frauen Wiens."

Fräulein Wechsler.

Das sind nämlich wir, unser Kreis, weil ja die anderen Frauen, — ich bitt' Sie, Sie kennen ja diese indolenten Wienerinnen.

Lampl.

Sie sind also: die Frauen Wiens! Sagen Sie mir: is eine von Ihnen auch schon verheiratet?

Fräulein Wechsler.

Nein, das noch nicht, das is ja furchtbar schwer heutzutage — weil —

Lampl.

Ich gratuliere.

Fräulein Wechsler

(verlegen). Ja, ich weiß nicht, Herr von Lampl —

Lampl.

Ich gratuliere — nämlich den Männern, die mit Ihnen nicht verheiratet sind!

Fanny

(ärgerlich). Alois!

Rosetti (sieht Fanny lächelnd an).

Fräulein Wechsler.

Ich hätt' jetzt aber noch eine Bitte, gnädige
Frau! Wenn Sie nämlich nicht bös wären —

Fanny.

Aber ich bitte Sie, Fräulein! Ich bin Ihnen
so dankbar, und es würde mich herzlich freuen —

Fräulein Wechsler

(verschämt). Ich hab' nämlich — das is mein größter
Stolz — ich hab' ein Stammbuch! Wenn Sie mir
da vielleicht ein paar Zeilen hineinschreiben möchten,
es stehn schon beinahe alle berühmten Leute von
Wien drinnen! (Sie zieht ein gebundenes Buch aus dem
Jaquett.)

Lampl

(nimmt ihr das Stammbuch weg). Erlauben Sie! Ich
werde das besorgen! Nämlich meiner Frau geht
sich's mit der Orthographie net aus.

Fanny.

Wollen Sie sich denn auch der Kunst widmen,
Fräulein?

Fräulein Wechsler.

Ja, ich möcht' gern, das wär' mir schon das
Liebste! Nur leider, der Vater —

Fanny.

Auch der Musik?

Fräulein Wechsler.

Na jetzt — es müßt' net gerade die Musik sein;

Malen oder Dichten muß auch einen gewissen Reiz haben — das wär' mir schließlich gleich! Aber ich möcht' halt eine Künstlerin werden.

Lampl

(der sich rückwärts gesetzt hat und in dem Stammbuch blättert). Gehen's doch zum Theater!

Fräulein Wechsler.

Ja, mit dem Theater is es halt schwer, nämlich wegen dem vielen Auswendiglernen, das paßt mer halt gar nicht recht. Am liebsten möcht' ich eigent= lich Malerin werden, da kann man nach München reisen! I möcht' so gern reisen! I kenn noch gar nix von der Welt — es ist wirklich eine Schand'!

Fanny.

Na, wenn Sie Talent zum Malen haben.

Fräulein Wechsler.

Ja, aber der Vater sagt halt immer: er hat nichts gegen die Kunst, aber zuerst muß der Mensch versorgt sein. Wann ich amal verheiratet bin, dann kann ich machen, was ich will, sagt er — von ihm aus! Na, da werd' ich mich halt für die Kunst opfern müssen. Aber es is halt heutzutage so schwer.

Lampl

(vorkommend, mit dem Stammbuch in der Hand). Sie, Fräulein, das ist ein großartiges Buch! Was da alles drin steht. (Er liest aus dem Stammbuch vor.) „Die

Thräne quillt, die Erde hat mich wieder! Adolf Sonnenthal." — „Gewiß, der Frau gehört die Zukunft, aber dämonisch muß sie sein. Marco Brociner." — „Temperament, Temperament. Direktor Jauner." — „Es sind nicht die Toiletten, die den Erfolg einer Künstlerin ausmachen. Julie Kopaczi." — „Bewahre Dir ein reines Herz, Mädchen, und Du wirst glücklich sein. Olga Dworzak." Sie, das ist nicht leicht, sich in dieser illustren Gesellschaft nicht zu blamieren. (Geht mit dem Stammbuch in den Hintergrund.)

Fanny.

Ich danke Ihnen jedenfalls sehr für Ihre Güte, und ich bitte Sie, Ihren Freundinnen zu sagen, daß Sie mir eine große, große Freude bereitet haben.

Fräulein Wechsler

(sich erhebend). Soll ich das Stammbuch vielleicht morgen abholen lassen?

Lampl

(mit dem Stammbuch kommend). Bin schon da, bin schon da! Bitte, bitte nur zu lesen! (Er überreicht das Stammbuch dem Fräulein Wechsler.)

Fräulein Wechsler

(lesend). „Mag auch Dein Herz, o Jungfrau, noch so sehr für's Künstlerische pochen, — Es wär' doch g'scheiter, Du lernst ordentlich kochen! — Der Ruhm ist eitel und ein leerer Wahn, — Was man von einem Goullasch nie behaupten kann." (Verblüfft.) O!

Lampl

(indem er der Fanny eine Feder überreicht). Ich bitte jetzt
nur noch den berühmten Namen hineinzuschreiben.

Fanny

(indem sie sich gewaltsam bezwingt, gepreßt zu Fräulein
Wechsler). Sie werden das ja nicht mißverstehen,
mein Fräulein! Mein Mann ist manchmal so
sonderbar!

Fräulein Wechsler.

Aber ich bitte, gnädige Frau, das weiß man
schon: Künstler=Ehen! Gott, das muß so schön sein:
wenn man sich mit einem Künstler rauft und mit
ihm unglücklich ist, das ist doch viel verführerischer,
als mit einem Commis glücklich zu sein. (Indem sie
sich erhebt, zu Fanny.) Ich werde nie vergessen, wie
liebenswürdig und nett —

Fanny.

Aber ich bitte Sie, Fräulein, sagen Sie Ihren
Freundinnen, es hat mich riesig gefreut. (Sie betrachtet
den kleinen Lorbeerkranz, der in ihren Händen ist.) Ihr
Geschenk ist ja wirklich reizend.

Lampl

(ist während der Worte des Fräulein Wechsler plötzlich heraus-
gestürzt, indem er die Thür offen läßt).

Rosetti.

Wenn Sie mir erlauben, mein Fräulein, Sie
nach Hause zu bringen, ich habe meinen Wagen
unten.

Fräulein Wechsler

(geschmeichelt). O ich bitte sehr, das wird mir ewig unvergeßlich bleiben!

Lampl

(kommt atemlos zurück, ein dickes Buch in der Hand). Einen Moment, bitte. (Zu Fanny.) Wir müssen uns bei den Jungfrauen doch revanchieren. (Zu Fräulein Wechsler.) Erlauben Sie, daß ich Ihnen und den Frauen Wiens ein kleines Gegengeschenk über= reiche. (Er hält ihr das Buch hin, indem er die erste Seite aufschlägt.) Bitte, ein Werk, das man sozusagen den Faust der weiblichen Menschheit nennen kann.

Fräulein Wechsler

(lesend). Pratos Süddeutsche Küche. (Verlegen lächelnd.)

Fanny

(wütend, indem sie ihr das Kochbuch wegnehmen will). Nein, Alois, Du bist heute —

Fräulein Wechsler.

Aber nein, gnädige Frau, ich bin dem Herrn Gemahl sehr dankbar! Ein Kochbuch von Ihnen, welche Reliquie. (Indem sie sich zum Abgehen wendet, zu Rosetti.) Also wenn Sie erlauben. (Nimmt den Arm Rosettis, grüßt den alten Lampl und geht mit Rosetti, von Fanny begleitet, ab.)

Rosetti (mit Fräulein Wechsler ab).

Fanny (mit Fräulein Wechsler und Rosetti ab).

Lampl

(ihnen nachrufenb). Habe die Ehre, eine schöne
Empfehlung an die Frauen Wiens, ich laß sie schön
grüßen. (Nimmt den Lorbeerkranz und wiegt ihn in der
Hand.) Gar ka G'wicht! Das kann man nicht
amal versetzen. (Er wirft den Kranz weg).

10. Scene.

Der Alte. Lampl.

Der Alte

(ist während der letzten Scene im Hintergrund gesessen und
kommt jetzt vor, indem er kopfschüttelnd Lampl betrachtet).

Lampl

(zum Alten). Ja, mei lieber Vater, Du hast wohl
Recht mit dem Sprüchel; san merkwürdige Leut',
die neuchen Wiener!

Der Alte.

Ja, ja! Aber der merkwürdigste, da darfst Di
net täuschen, der merkwürdigste von die neuchen
Wiener bist schon Du!

Lampl.

Oh, vielleicht! Soll i vielleicht zuschauen, wie
fünf blöde Trutscherln die Frauen Wiens markieren
und der Fanny den Kopf verbrahn? Wann eine
eh schon so ein Tschaperl is.—

Der Alte.

Mei Lieber, mei Lieber! Mir scheint, sie is gar
net das Tschaperl! Mir scheint eher —

7*

Lampl

(höhnisch). Natürli! I bin natürlich wieder im Unrecht!

Der Alte.

Aber —

Lampl.

Das siehgst Du net, daß die Frau jetzt plötzlich ganz anders ist, seit sie berühmt ist.

Der Alte.

Is ja gar net wahr! Fallt ihr ja gar net ein! Das bildst der ja bloß Du ein.

Lampl

(höhnisch lachend). Aber wart' nur, i treib' ihr das schon aus!

Der Alte

(beschwichtigend, nachgebend). No gut, wannst glaubst! Aber waßt, treib' ihr das morgen aus. Heut, heut darfst mer's net sekieren. (Wichtig.) Ich hab' heut an Anliegen an sie.

Lampl.

Was denn?

Der Alte

(wichtig). Weißt, mei' Spezi, der Dommaier, hat auf b' Wochen sei Jubiläum, da bin i natürlich a Hauptperson, na, und da hab' i a Festcouplet ver= anstaltet: zur Verherrlichung der alten Wiener. (Er nimmt einen Zettel heraus.) San ein paar gute Einfäll' drin — waßt halt so meine Meinungen

über die neuchere Zeit. Aber da g'hört jetzt a feine
Melodie dazu, waßt, die an Schwung hat! Und
da möcht' i halt gern die Fanny ersuchen, ob's
net — — —

Lampl.

Was brauchst denn da die Fanny dazu? Das
werd' i mit Gottes Hilfe grad' a no können, ein
Couplet. Gieb amal den Zettel her! (Er geht zum
Klavier, setzt sich, schlägt einige Accorde an und geht dann
in eine Melodie über.)

Der Alte

(ein bißchen enttäuscht). Na, wannst glaubst! (Er hört
Lampls Spielen zu, dann.) Du, des wär' net ohne;
aber is des net schon in der Fledermaus enthalten?

Lampl
(geht heftig in eine andere Melodie über).

Der Alte.
(leise den dazu gehörigen Text singend). „Da fahr'n mer
halt nach Nußdorf 'naus."

Lampl
(bricht ab, schlägt einen heftigen Accord an und hört dann
zu spielen auf). Siehgst es, des is mein Unglück, daß
i zuviel kann! Mir kommen allerweil bekannte
Sachen dazwischen. Wann der Mensch nur sein'
Bildung vergessen könnt'. Und dann ist es a gar
net mein Fach. Ja, wann's eine Symphonie wär'.

Der Alte.

Es wird do g'scheiter sein, i wend' mi an die
Fanny! Sonst — (ab, man hört ihn draußen Fanny
rufen).

Lampl.

Aber so wart' doch. Kannst denn net an'
Augenblick warten? Jessas! (Indem er aufsteht und
auf- und abgehend den Zettel betrachtet). Das ist über=
haupt ein schlechter Text, mit dem laßt sich nix
machen.

Fanny

(kommt mit dem Alten). Ja, ich werd' halt schaun,
(Geht ans Klavier.) Wo ist denn der Zettel?

Lampl

(wirft ihr den Zettel hin). Paß nur auf, große Künst=
lerin, daß Di net blamierst.

Der Alte.

Pschst, thu sie jetzt net stören.

Fanny

(präludiert leise und, indem sie den Zettel liest, fängt sie
dann eine weiche Melodie zu spielen an).

Der Alte

(hört lauschend zu, den Kopf ein bißchen nach vorn geneigt,
sein Gesicht verklärt sich, er nickt und schlägt leise den Takt
mit der Hand). Ja, ja, gut ist's, sehr gut — das is
schon — das is schon was!

Fanny

(spielt die Melodie stärker noch einmal).

Lampl

(zum Alten). Mei Lieber, das is gar nix. Des sag'
der i! Des is ja gar ka Melodie — des is bloß

a Rythmus. I wer der amal zeigen, was a Melodie
is. (Nimmt den Zettel, zu Fanny). Spiel' nur weiter!
So als Begleitung is es gar net schlecht. Und
jetzt wirst hören, wie i das sing'! (Er singt die erste
Strophe, von Fanny begleitet).

Der Alte.

Bravo, Bravo! Kinder, da steht ganz Penzing
auf'n Kopf.

Lampl

(stolz). Gelt, jetzt hat das Ganze erst a G'sicht.
Und jetzt wer i Dir zeigen, wie man so etwas
pointieren muß. Da wirst spitzen, wannst a a
berühmter Kunstpfeifer bist! Zum Beispiel (singt die
zweite Strophe, indem er die Manier des Alten kopiert).
Net übel. Aber jetzt komm i und setz' meine Lichter
auf — meine elektrische Beleuchtung, a mein Lieber.
(Er singt die zweite Strophe noch einmal.)

Der Alte

(begeistert). Bua, das machst Du großartig!

Lampl.

Ja, aber da heißt's dann, ich bin verruckt und was
waß ich! Mei' Lieber, so lang' ich so singen kann!
Soll i der das Ganze vorsingen?

Der Alte

(sehr vergnügt). Wir machen a Generalprob'! Magst?
Die Fanny is's Orchester — i hol' mer a an In=
strument. (Holt sich ein Instrument, setzt sich neben
Fanny, sie beginnen zu spielen.)

Lampl.

Seid's es? (Er beginnt die dritte Strophe und singt das ganze Couplet.)

Der Alte und Fanny

(applaudieren nach jeder Strophe).

Der Vorhang fällt.

———

Dritter Akt.

Dieselbe Dekoration wie im zweiten; nur ist jetzt alles viel behaglicher und macht einen bewohnten Eindruck.

1. Scene.

Resi. Fanny. Später Lampl.

Resi

(tritt von rechts ein). Na, der gnädige Herr is heut überhaupt noch net aus'gangen!

Fanny

(hinter Resi eintretend; indem sie Hut, Muff und Pelz ablegt und der Resi giebt). War jemand hier?

Resi.

Der Herr Direktor is hier g'wesen, er schaut morgen wieder her. Dann zwa Herrn — da sind die Karten.

Fanny

(die Karten lesend). Graf Monelar, Freiherr von Zeck — (wirft die Karten in eine Schale).

Refi.

Und dann war der Diener vom Herrn von Rosetti da: der Herr von Rosetti läßt sich schön bedanken und er wird so gegen sieben Uhr kommen.

Fanny

(geht zum Spiegel und richtet ihre Frisur). Gut. Brief is keiner da?

Refi.

Die Brief' hat der Herr. Und eine große Bücherkisten is ankommen. Sie is in der Bibliothek.

Fanny

(immer noch vor dem Spiegel). Wenn der Herr von Rosetti dann kommt, sagen Sie, ich bin nicht zu Haus.

Refi.

Gut. Wünschen die gnädige Frau sonst noch was?

Fanny.

Bringen's mir das Abendblatt!

Refi (ab).

Fanny

(bleibt noch einen Moment vor dem Spiegel, geht dann zum Klavier und schlägt einige Accorde an; dann läßt sie das Klavier offen, geht zum Ofen und wärmt sich die Hände).

Refi

(kommt wieder mit einer Zeitung). So, gnä' Frau, da is das Abendblatt!

Fanny.

Danke. Warten's noch einen Moment! (Sie nimmt die Zeitung, dreht noch eine Lampe auf und setzt sich in einen Fauteuil; nach einer Pause.) Wissen Sie was, Resi? Wenn der Herr von Rosetti kommt, so sagen Sie: Sie wissen nicht, ob ich zu Haus bin! Und kommen Sie herein und fragen mich.

Resi.

Is a recht, gnä' Frau!

Fanny.

Weil das davon abhängt — vielleicht paßt's dem Herrn nicht!

Resi.

I waß ja, wie er is!

Fanny.

Sonst bin ich für niemanden zu Haus!

Resi.

Gut is. (Ab.)

Fanny
(sieht die Zeitung an, steht dann auf, geht wieder ans Klavier, greift einige Accorde, kommt wieder zurück, setzt sich wieder, nimmt einen Roman und liest wieder).

Lampl
(kommt, eine Zigarre rauchend, von links). Ah, Du bist schon da? Servus!

Fanny.

Grüß Dich Gott! Ich bin gerade gekommen.

Lampl
(im Zimmer herumgehend und sich mit allen möglichen Dingen beschäftigend). Wo warst denn?

Fanny.
Am Eis — und dann beim Demel.

Lampl.
Nobel, nobel! (Geht pfeifend auf und ab, schenkt sich dann einen Cognac ein, trinkt und geht dann im Zimmer wieder weiter, bis er hinter Fanny zu stehen kommt und ihr über die Schultern sieht.) Ein Roman! Und natürlich ein französischer! Bourget! Jetzt fehlt uns schon gar nix mehr! — Ja, der Mensch entwickelt sich! Wenn man sich das recht überlegt, was aus so einem Affen mit der Zeit alles werden kann — alle Achtung vor dem menschlichen Geschlechte, alle Achtung! (Er geht wieder auf und ab.)

Fanny
(im Lesen). Du warst heut noch gar nicht aus?

Lampl.
Ja, mei' Liebe, ich hab' keine Zeit. Ich muß arbeiten! Ich weiß net, wie das die Herrschaften beim Demel machen, ich bin halt eine inferiore Natur, ich muß arbeiten!

Fanny.
Hast die Ouverture schon fertig?

Lampl.
Welche Overtureu?

Fanny.

Du haſt mir doch geſtern erzählt —

Lampl.

Ah, das iſt ein Unſinn! Das is alles nix!
Ich mach' überhaupt keine Oper. Ich muß jetzt
etwas Großes ſchaffen — etwas, das bleibt — etwas,
das der ganzen Muſik der Gegenwart eine neue
Wendung giebt! Eine Oper — das is ja ganz
hübſch, aber das können die kleinen Leute auch,
das kann heutzutage wirklich ſchon a jeder. Aber
ich will ein echtes Kunſtwerk ſchaffen! (In ſich hinein-
lachend.) Ihr werd's ſchauen! Es hat ja kein Menſch
mehr eine Ahnung, was Muſik iſt, wirkliche Muſik!
Nur Geduld! Aber freilich — dazu braucht man
Ruhe und Sammlung und Stimmung!

Fanny.

Die könnteſt Du jetzt doch haben.

Lampl

(heftig). Die hab' ich aber nicht! Wie ſoll man
denn die in unſerem Haus haben? Das is ja kein
Haus, das iſt ein Bazar, in dem die ganze Stadt
ſpazieren geht! Wo'ſt hintrittſt, trittſt auf an
Grafen! Der reine Ronacher! Ja, mei' Liebe, da
hört ſich die Stimmung auf! Ich hätt' den Beethoven
ſehen mögen, wann der mit die Miniſter hätt' Whiſt
ſpielen müſſen — mei' Liebe, da hört ſich die neunte
Symphonie auf!

Fanny.

Aber es verlangt ja niemand von Dir, daß Du

mit den Leuten Whist spielen sollst! Warum thust
Du's denn?

Lampl.

Was soll i denn sonst thun? Ich spiel' doch
noch lieber Whist mit die Leut', als daß ich mit
ihnen red'! Da wird man ja ganz blöd!

Fanny.

Was kümmerst Du Dich überhaupt um sie?

Lampl.

Wann sie zu uns kommen —

Fanny.

Sie kommen ja nicht zu Dir, sondern zu mir —

Lampl.

Ah, des is doch dasselbe —

Fanny.

O nein, das ist gar nicht dasselbe! Wenn Du
willst, kannst Du ganz ruhig in Deinem Zimmer
bleiben und kein Mensch wird Dich stören!

Lampl.

Ah so! Ich verstehe! Madame meint, ich soll
mich mehr als Nebenperson benehmen! — Hier hält
Madame Cercle — und ich kann derweil in mein'
Kammerl sitzen? Ich könnt' vielleicht mit der Zeit so
eine Art Zimmerherr und Bettgeher werden? Es wird
allerweil lustiger!

Fanny

(ruhig). Mein Gott, wenn Dir nichts recht ist —

Lampl

(heftig). Ich sage Dir, mir paßt das nicht — mir
paßt die ganze Wirtschaft nicht! Lauter große
Herren, nix als Grafen und Barone — und dabei
soll ich mich am End' noch geehrt fühlen und Buckerl
machen; man kommt ja gar nicht zu mir, man kommt
zu der berühmten Frau und i sollet vielleicht noch
den Leuchter halten! Ich danke, ich habe jetzt genug.
Mir paßt die ganze Wirtschaft jetzt nicht mehr.

Fanny.

Mein lieber Alois, Du bist nervös, Du verstehst
alles gleich falsch, Dir ist nichts mehr recht — für
Dich wär' das Beste, Du gingest ein paar Wochen
aufs Land — irgend wohin, wo's ganz ruhig ist.

Lampl.

Ah ja, und Du möchtest derweil hier die Königin
der Saison spielen — und i könnt' im Schnee
spazieren gehen und mir die Zehen erfrieren! Du
meinst es halt gut mit mir, das muß man Dir
lassen!

Fanny.

Ich mein' nur, daß es so nicht weiter geht.
Immer und immer Scenen mit Dir, immer Vor=
würfe — das halte ich nicht aus! Dabei gehen wir
alle beide zu Grund'!

Lampl

(nach einer Pause). Ja, das könnt' uns schon passieren
— Dir gewiß! Du gehst gewiß zu Grund', wannst

es so weiter treibst! Vor lauter Eitelkeit und Ein=
bildung mußt Du zu Grunde gehen! Die berühmte
Frau macht Dich verrückt! Du hast das Glück
nicht vertragen! Brauchst ja bloß in Spiegel zu
schauen! Schau' Di' nur amal an, wie Du frisiert
bist, mit die Schneckerln und Quasterln —

Fanny.

Mein Gott, das ist doch jetzt die Mod' —

Lampl.

Bei wem denn? Bei die Theaterdamen viel=
leicht — ja! Eine anständige Frau hab' ich so
noch nicht gesehen! Eine anständige Frau staubt
sich auch nicht die Nasen mit Mehl ein, und
eine anständige Frau riecht man auch nicht auf
hundert Schritt. Aber nobel, nobel — das ist nobel!

Fanny.

Ich kann doch schließlich nicht wie die Frau von
einem Bäcker oder Schuster dahergehen — ich bin
doch schließlich jemand —

Lampl.

Die wirklich großen Menschen, meine Liebe, haben
meistens wie die Bäcker oder Schuster ausg'seh'n!
Es hat ihnen nichts gemacht — man hat doch be=
merkt, daß sie wer sind! Der Schiller hat a kane
Lackstiefeln ang'habt — na' und es is do g'angen!

(Bleibt vor der Schale mit den Visitenkarten stehen, hebt zwei Karten auf und liest sie.) Graf Molenar? Freiherr von Zeck? Was san denn das wieder für Brüderln?

Fanny.

Ich weiß nicht, ich war ja nicht zu Haus.

Lampl.

Wann waren's denn da?

Fanny.

Heute — jetzt, während ich aus war!

Lampl.

Und warum weiß denn ich da nichts davon? Warum erfahr' ich denn nichts? Ich hab' der Resi doch ausdrücklich gesagt —

Fanny.

Da mußt Du die Resi fragen?

Lampl

(klingelt und schreit dabei). Resi, Resi! Ah, das wär' no' schöner! Der mach' ich aber einen ordentlichen Tanz — die kann sich g'freun! (Er schenkt sich einen Cognac ein und trinkt.) Die Hacken hat's mir a net bracht!

Resi

(tritt auf). Die gnädige Frau hat g'läut'?

Lampl.

I hab' g'läut'! Kommen's amal her da! Was hab' ich Ihnen neulich gesagt?

Resi

(zögernd). Ja, des kann ich net wissen, der gnädige Herr sagt einem so viel —

Lampl.

Hab' ich Ihnen gesagt, daß jeder Besuch bei mir gemeldet werden muß, bei mir, wenn er auch zu der gnädigen Frau will — hab' ich Ihnen das gesagt?

Resi.

Ja, das hat der gnädige Herr g'sagt —

Lampl.

Alsdann! Warum haben Sie mir dann die zwei Herren nicht gemeldet, die heut Nachmittag da waren? (Auf die beiden Visitenkarten zeigend). Die zwei aristokratischen Bürscherln?

Resi.

I hab' eh' gesagt, die gnädige Frau ist net zu Haus, aber i wer's dem Herrn sagen, aber sie haben g'sagt, es is net nötig. Na, da hab' i mer gedacht, wenn's net nötig ist —

Lampl.

Sie sind eine dumme Gans! Sie haben Ihnen gar nichts zu denken! Sie sollen thun, was man Ihnen aufträgt, verstanden? Wann mir das noch einmal vorkommt, so schmeiß' ich Sie zum Fenster hinaus! Haben's g'hört? Und jetzt schaun's, daß Sie weiter kommen! (Er wirft die Visitenkarten wieder in die Schale.) Und, Resi! Die Hacken bringen's

mir dann in mei' Zimmer, daß ich die Kisten auf=
machen kann! **Reſi** (ab).

Lampl

(wieder auf= und abgehend). So werde ich in meinem
eigenen Hauſe behandelt! Ich bin der reine Niemand
mehr! Was ich ſag', wird einfach nicht gehört!
Wann i was will, muß i zuerſt die gnädige Frau
fragen, ob ſie's erlaubt: denn wann's nicht die
gnädige Frau befiehlt, thut's die Köchin ja nicht —
mir thut ſie's nicht! Ich bin wirklich nur noch der
Zimmerherr! Alles dreht ſich um die berühmte
Frau — (Höhniſch.) Und i, ohne den die berühmte
Frau vielleicht gar nicht ſo berühmt wär', i ſoll
im Winkerl ſtehen! Ein angenehmer Beruf.

Fanny

(nach der Uhr ſehend, ſehr ruhig). Um wieviel Uhr
willſt Du denn heut Abend eſſen?

Lampl

(haſtig). Später, ſpäter — oder gar net, ich waß
net! Iß Du nur allein — es is ja ſo g'ſcheiter,
ſonſt thu' mer ja doch wieder bloß ſtreiten, ſo weit
ſan mer ja ſchon! (Seufzt, dann haſtig.) Ich geh'
dann vielleicht noch aus — ich hab' nur noch vorher
ein bißl arbeiten wollen, aber jetzt is mer ja wieder
die ganze Stimmung verdorben! Die anderen dürfen
ſich bei der geiſtvollen Frau ihre Anregungen holen,
aber der eigene Mann is natürlich bloß zum Giften
da! (Im Abgehen.) Na, probier'n mer's halt noch

ein bißl! Es ist schon eine Freud' auf der Welt!
(Ab.)

Fanny

(legt das Buch weg, sieht Lampl nach, steht dann auf, geht
traurig durch das Zimmer, setzt sich in einen anderen Fauteuil
und sieht traurig vor sich hin. — Kleine Pause.)

2. Scene.

Fanny. Resi. Dann Rosetti.

Resi

(kommt von rechts). Gnä' Frau, jetzt wär' der Herr
von Rosetti da!

Fanny

(auffahrend, sehr schnell). Sie haben ihm doch g'sagt,
daß ich nicht zu Haus bin?

Resi.

Na, i hab' g'sagt, ich waß's net, ich muß erst
fragen — wie mir's die gnädige Frau auftragen hat.

Fanny

(nervös). Es is schon gut.

Resi.

Ja, aber was soll i ihm denn jetzt sagen? Soll
ich ihm sagen, daß die gnädige Frau z'Haus ist —?

Fanny.

Ja so! (Verwirrt.) Sagen Sie ihm — oder
nein! Ich lasse bitten!

Resi (ab).

Rosetti

(von rechts, er ist im Frack; er geht auf Fanny zu und küßt ihr die Hand). Wie geht's Ihnen denn immer, gnädige Frau? Ich danke Ihnen sehr für Ihren Brief.

Fanny.

Bitte, nehmen Sie Platz! (Sie setzen sich.) O je, wie feierlich — Frack!

Rosetti.

Ja, ich muß dann in ein Konzert, aber mein Lied kommt erst im zweiten Teil und schließlich liegt auch nichts daran, wenn die Herrschaften einmal ein bißchen warten — ich darf mir das schon er= lauben. Wir können also ganz gemütlich plauschen.

Fanny.

Wollen Sie eine Cigarette?

Rosetti.

Danke, vor dem Singen nicht. — Ich habe mich über Ihren Brief riesig gefreut. Also doch! Endlich! Endlich sind Sie vernünftig geworden, es hat lange genug gedauert! Jetzt ist aber auch schon alles in Ordnung — ich habe bereits den Kontrakt da. (Er giebt Fanny eine Schrift.)

Fanny

(die Schrift weglegend). Nun, so weit sind wir doch noch nicht. — Schaun Sie, ich will ganz ehrlich sein. Ich habe heute in der Früh eine entsetzliche Scene mit meinem Manne gehabt, wieder wegen einer Dummheit — und da hab' ich Ihnen dann den Brief geschrieben! Aber nach dem Essen, wie ich dann am Eis war, da hab' ich mich so vor Ihnen geschämt — und ich hab' Sie eigentlich jetzt gar nicht empfangen wollen. Das wär' wohl auch das Beste gewesen! Aber da haben wir uns gerade wieder gestritten — ah, er quält mich ja so, davon hat kein Mensch eine Ahnung! Seit meiner Première hab' ich keinen ruhigen Tag gehabt, keine ruhige Stunde!

Rosetti.

Sie sind ein großes Kind, liebe gnädige Frau! Sie nehmen Dinge tragisch, die es wirklich nicht verdienen. Aber das Mittel, das Ihnen helfen könnte, wollen Sie nicht anwenden. Seien Sie doch vernünftig! Ich begreife ja, daß es Ihnen nicht leicht ist, sich zu entschließen. Aber so können Sie ja doch nicht weiter leben!

Fanny

(steht auf, geht durch das Zimmer; sehr rasch). Nein, so kann ich wahrhaftig nicht weiter leben! (Nach einer Pause.) Ich habe nicht die Natur dazu, meine Nerven halten das nicht aus! Ich habe ihn gewiß so gern gehabt, wie nur irgend eine Frau ihren Mann gern haben kann! Ich werde auch nie vergessen, was ich ihm verdanke! Ich bin ein dummes Mädel im Konservatorium gewesen — ohne ihn wäre aus mir wohl nie etwas geworden, ich bin keine starke Natur! Ohne ihn wär' ich heute irgendwo Choristin im Karltheater oder in der Josefstadt! —

Das dürfen Sie nie vergessen, was der Mann aus mir gemacht hat!

Rosetti.

Ich will das auch gar nicht. Ich weiß sehr genau, was Sie ihm schuldig sind. Er ist ein groß= artiger Kerl — gegen alle Leute, die kleiner sind als er! Ich mach' ihm gar keinen Vorwurf daraus, er kann nichts dafür — jeder ist, wie er eben ist. Sie sind zum Glück geboren, er ist es nicht. Bleiben Sie bei ihm, nun, so wird das Schnee= wittchen eine schöne kleine Episode in Ihrem Leben gewesen sein. Sind Sie groß genug, um mit kleinen Sentimentalitäten fertig zu werden und folgen Sie mir, dann sollen Sie erst sehen, daß es noch Wunder giebt! Ein Wunder will ich aus Ihrem Leben machen. Sie halten Ihre Zukunft, Ihre ganze Zu= kunft in Ihrer kleinen Hand. Fanny, sind Sie nur jetzt nicht feige! (Nach einer kleinen Pause.) Ich werd' doch eine Cigarette rauchen. (Er zündet sich eine Cigarette an.)

Fanny
(nach einer Pause, in einem anderen Ton). Was steht in Ihrem Kontrakt? Ich möchte das doch hören.

Rosetti.

Ich zahle Ihnen vierundzwanzigtausend Gulden jährlich in monatlichen Raten von zweitausend Gulden pränumerando. Wir machen einen Kontrakt auf zehn Jahre. Dafür gehört alles, was Sie schaffen, in diesen zehn Jahren mir. Dagegen ver= pflichten Sie sich, Ihren Mann zu verlassen und

auch sonst alles, was ich zur Reklame für Sie
brauche, genau zu befolgen. Sie werden die
Wohnung beziehen, die ich Ihnen möbliere; Sie
werden sich von Lenbach malen lassen, Sie werden
die Journalisten empfangen, die ich bei Ihnen ein=
führe, und wenn ich Ihnen einen Prinzen schicke,
werden Sie ihn nicht abweisen; wenn in den
Zeitungen steht, daß Ihre Pferde durchgegangen
sind, werden Sie mich nicht dementieren. Fällt
Ihnen etwas ein und macht es Ihnen Spaß, so
werden Sie sich ans Klavier setzen und komponieren.
Das ist alles, was ich verlange. Und damit Ihr
Gewissen ganz ruhig ist und Sie gar keine Reue
zu haben brauchen, habe ich außerdem Ihrem Mann,
Ihrem früheren Mann, eine Lebensrente von achtzehn=
hundert Gulden ausgesetzt — genau das, was er
früher bei seiner Zeitung verdient hat. Nun über=
legen Sie sich das! Wollen Sie?

Fanny.

Nein! Ich will nicht! Ich will nicht, weil ich
nicht kann! Fragen Sie mich nicht, ich kann einfach
nicht! Sie haben ja recht, ja, ja! Ich weiß, daß
Sie recht haben. Ich weiß auch: Sie meinen es
mit mir gut! Aber ich bin eben dumm. Geben
Sie sich mit mir keine Mühe — es ist umsonst!
Ich werde wahrscheinlich zu Grunde gehen, ich weiß
das! Ich gehe bei ihm gewiß zu Grunde! Aber
ich kann nicht anders! Machen Sie es mir nicht
noch schwerer — es nützt ja doch nichts! Wenn

Sie mir wirklich ein guter Freund sind, dann — behalten Sie mich lieb und denken Sie noch manch= mal an mich und — und kommen Sie nicht mehr zu uns!

Rosetti.

Nun gut, wie Sie wollen! Des Menschen Wille ist sein Himmelreich! Man kann niemanden gegen seinen Willen zwingen, glücklich zu werden.

Fanny.

Ja, ich will, ich will, ich will! Ich will bei meinem Manne bleiben, obwohl ich weiß, daß ich bei ihm zu Grunde gehen werde. Aber ich will! (Sie tritt zu einem Bouquett und riecht gierig an den Blumen.)

Rosetti
(nach einer großen Pause). Ist das Ihr letztes Wort?

Fanny
(außer sich). Ja, das ist mein letztes Wort! Ich kann nicht anders!

Rosetti.

Nun, da hab' ich Ihnen ja nichts mehr zu sagen. Ich muß ja auch in mein Konzert — es ist Zeit. (Aufstehend.) Sie sind mir doch nicht bös?

Fanny
(herzlich). Ich bin Ihnen gewiß nicht bös! Ich weiß, Sie haben es mit mir nur gut gemeint. Und — lachen Sie mich nicht aus! Schaun Sie, aber ich kann nicht anders!

Rosetti.

Ich lache Sie nicht aus, ich bewundere und ver=
ehre Sie. (Er küßt ihr die Hand.) Aber den Kontrakt
laß ich Ihnen da.

Fanny.

Wozu?

Rosetti

(lächelnd). Man kann nie wissen, was geschieht! Ich
werde nicht in Sie dringen, ich werde Sie gar nicht
belästigen — wenn es Ihnen unangenehm ist,
werden Sie mich überhaupt nicht mehr sehen! Aber
den Kontrakt lasse ich Ihnen da.

Fanny.

Nein, nein, nehmen Sie ihn mit, ich bitte Sie!
Diese Sache ist erledigt. Sie muß erledigt sein!

Rosetti.

Ja, sie ist ja erledigt, — ich rede Ihnen gar
nicht mehr zu! Aber Sie können deswegen doch
den Kontrakt behalten! Es kommt nämlich im
menschlichen Leben vor, daß man etwas bereut.

Fanny

(schnell, hastig). Nie!

Rosetti.

Ich zweifle nicht, daß Sie es nie bereuen werden.
Nun, dann lassen Sie den Kontrakt in Ihrer Lade
liegen. Wenn Sie es aber einmal, heute oder in
fünf Jahren, wenn Sie es jemals bereuen —

Fanny.

Nie!

Rosetti.

Wenn Sie es jemals bereuen, heute oder in fünf Jahren, so vergessen Sie nicht, daß Sie an mir immer einen treuen Freund haben, der wartet. Vergessen Sie das nicht! Jetzt ist es aber die höchste Zeit zu meinem Konzert! Ich küß die Hand, gnädige Frau! Und nicht wahr, ich darf den Kontrakt bei Ihnen lassen?

Fanny
(ihn an die Thüre begleitend). Auf Wiedersehen!

Rosetti (ab).

3. Scene.

Fanny. Dann Lampl.

Fanny
(steht eine Weile an der Thüre und sieht ihm nach. Dann nimmt sie den Kontrakt, liest ihn durch und blickt nachdenklich vor sich hin. Endlich erschrickt sie, faltet hastig das Papier zusammen und steckt es ein. Sie nimmt wieder das Buch, setzt sich und beginnt wieder zu lesen).

Lampl
(tritt von links ein, zum Ausgehen bereit, den Cylinder, einen sogenannten Steßer, auf dem Kopf, den Stock in der Hand, eine Cigarre im Mund, seinen Astrachanpelz an einem Zipfel hinter sich schleppend). J geh' noch a bissel fort! J waß net, ich hab' heut so einen blöden Tag! J muß nach a bissel spazieren gehen — und vielleicht

geh' ich auch ins Café=Haus. Vielleicht find't sich wer zu einer Partie Karambol. (Er wirft seinen Pelz über einen Stuhl und schenkt sich einen Cognac ein.) Cognac is auch kaner mehr drüben. Das kann ich der Urschel auch jeden Tag sagen: wenn die Flaschen leer ist, soll sie eine neue aufmachen! Absolut nicht! Da muß ich jedesmal erst wieder einen Skandal machen! Eine angenehme Existenz!

Fanny.

Du sollst nicht so viel trinken! Davon wirst Du dann so nervös!

Lampl.

Meine Liebe, irgend etwas muß der Mensch ja schließlich zu thun haben! Bloß Dein Gatte sein — das ist ja sehr ehrenvoll, aber diese schätzens= werte Nebenbeschäftigung füllt meinen hochfliegenden Geist nicht aus! (In einem anderen Ton.) Der Rosetti war hier?

Fanny.

Ja.

Lampl.

Die Resi hat mer's gesagt — ich hab' mir aber gedacht: na! Der is mir auch zuwider! Mir san jetzt überhaupt schon alle Menschen zuwider! Paß' auf — nächstens räum' ich einmal auf, aber ordentlich! Da fliegt die ganze Bande hinaus, von die Minister ang'fangen — verstanden? Damit endlich wieder amal an' Ordnung wird! Höchst eigenfüßig werd' ich ihnen den Tritt geben!

Fanny.

Das wirst Du nicht thun!

Lampl

(höhnisch). Ah, geh'!

Fanny.

Weil das sehr unklug wäre und wir uns damit nur schaden würden!

Lampl.

Glaubst? Na, wer'n mer uns halt schaden! Wann ich mir schaden will, so geht das keinem Menschen auf der ganzen Welt etwas an — das is mein Recht!

Fanny.

Es ist aber nicht Dein Recht, mir zu schaden, und ich habe gar keine Lust, es mir einer Laune von Dir zuliebe mit allen Leuten zu verderben. Ich habe mir meine Stellung schwer genug gemacht.

Lampl

(lacht laut auf). Haha! Was hast du? Das ist ein glänzender G'spaß! Du hast Dir eine Stellung gemacht? Und das sagst Du mir ins Gesicht — Du mir? Das ist unbezahlbar! Madame scheinen sich nicht mehr zu erinnern — belieben etwas (er macht eine Gebärde nach dem Kopf) befangen zu sein! Wer ist denn tagelang und wochenlang in unserem kleinen Zimmer g'sessen und hat sich gemartert: wie wirst jetzt das machen, und wie wirst das arran=gieren? Bis mir der Schwindel richtig gelungen

is und ich es durchgeſetzt hab'! Ohne mich wärſt
weit kommen! Nein, meine liebe Dame, mir er=
zählſt Du nix von Deinem Erfolg — ich weiß, wer
ihn gemacht hat!

Fanny.

Ich weiß es ja auch, und ich bin Dir gewiß
ſehr dankbar —

Lampl

(ironiſch). O bitte, zu liebenswürdig!

Fanny.

Aber ſchließlich mußt Du doch auch gerecht ſein
und zugeben, daß ich an unſerem Erfolg doch auch
einen gewiſſen Anteil habe, nicht? Es iſt ja ſchließ=
lich mein Werk; wenn es den Leuten ſo gefällt, ſo
ſcheint's eben, daß ich einiges Talent habe.

Lampl.

Ah was, Talent! Das is auch ſo eine Phraſe!
Talent kannſt haben, ſo viel Du willſt — wenn
Du nicht jemanden haſt, der Dich „macht", ſo nützt
Dir das ſchönſte Talent nix! Managen ſagen die
Amerikaner — ich hab's drüben g'lernt! Ohne den
rechten Manager wär' nie etwas aus Dir gewor=
den!

Fanny

(ſehr ernſt, leiſe). So, glaubſt Du??

Lampl.

Das iſt der berühmten Frau natürlich nicht
angenehm zu hören. Natürlich, Deine Graferln,

die können Dich gar nicht genug bewundern —
Gott, wie genial! Aber Du kannst ja nicht einmal
mit einem Agenten verhandeln, Dich möchten's
schön betackeln! Das weißt Du selber auch ganz
genau, aber vorderhand brauchst Du mich ja nicht!
Wart' nur, wirst schon wieder zu mir kommen, bis
Deine neue Oper fertig is! Is mir gar nicht
bang!

Fanny

(ruhig). Sie ist schon fertig.

Lampl

(fährt erschroden zusammen, sprachlos vor Erstaunen).
Was? Was redst Du da? Ah, mach' keine
dummen G'spaß! (Er nimmt den Cylinder ab und legt
ihn auf den Tisch).

Fanny.

Gestern bin ich fertig geworden. Mein Gott,
in vier Wochen kann man viel machen — und es
ist ja auch wieder nur ganz ein kleines, dünnes
Dingerl --

Lampl.

Und das — das hast Du — das hast Du
machen können, ohne mir etwas davon zu sagen?
Das ist doch der höchste Undank!

Fanny.

Man hat ja mit Dir in der letzten Zeit kein
vernünftiges Wort reden können, Du bist immer so
aufgeregt —

Lampl.

Nächstens werd' ich die Neuigkeiten von meiner
Frau aus der Zeitung erfahren — es wird immer
schöner!

Fanny.

Ich hab' Dich überraschen wollen. Eigentlich
hab' ich Dir's erst zu Weihnachten vorspielen wollen.
Das ist doch kein Verbrechen.

Lampl

(ruhiger werdend). Eine Frau soll vor ihrem Mann
keine Geheimnisse haben. (Geht im Zimmer mit dem
Stock in der Hand auf und ab; nach einer Pause.) Was
behandelt's denn?

Fanny.

Es ist wieder ein Märchen, aber kein deutsches,
sondern ein Kalif hat die Hauptrolle, und es spielt
in Bagdad; es ist nach einer kleinen Novelle von
Voltaire — in Deiner schönen Ausgabe hab' ich's
gefunden.

Lampl.

(kurz, fast grob). Das is ein Unsinn — so viel seh'
ich schon jetzt!

Fanny

(lächelnd). Warum denn? Du kennst ja die Musik
noch gar nicht —

Lampl.

Ah, Musik, Musik! Ich sage Dir, das ist ein
Unsinn! Auf so was Arabisches, da beißen Dir
die Leut' nicht an, für unser Publikum ist das nix!
Schad' um die ganze Arbeit.

Fanny

(resigniert). Na, wir werden ja sehen!

Lampl.

Ah na, mei' Liebe, mir werden gar nix sehen!
So ist die Sache nicht! Ich werd' es mir ja noch
anschaun — vielleicht laßt sich was machen, viel
Vertrauen hab' ich nicht! Und dann reden wir
erst weiter, denn wenn es mir nicht gefällt, mei'
Liebe, dann wirst Du die verehrte Partitur schön
ruhig in den Ofen stecken, verstanden? Ich laß
mich nicht blamieren durch meine Frau!

Fanny

(sehr ruhig und bestimmt). Du kannst die Partitur
hören, wann Du willst, und ich bin sehr neugierig
auf Dein Urteil. Natürlich wär' es mir lieber,
wenn's Dir gefällt! Aber wenn sie Dir nicht ge=
fällt, dann wird mir das sehr leid thun, aber ich
kann es ja nicht ändern, und wir wollen erst ab=
warten, ob das Publikum Dir recht geben wird
oder mir.

Lampl

(sprachlos, indem er stehen bleibt). Ah, Du glaubst —
Du glaubst, ich werd' das Stück aufführen lassen,
wenn es mir nicht g'fallt?

Fanny.

Du nicht, aber ich. Ich werde es in jedem
Falle aufführen lassen.

Lampl

(sie ausspottend). In jedem Falle? Ah geh', was

Du net alles weißt! In jedem Falle wirst Du es
aufführen lassen? Na also — jetzt sag' Dir ich
etwas, verstanden? Wenn mir das Stück nicht
paßt, wenn es mir nicht paßt, dann kommt das
Stück in den Ofen! In diesen Ofen kommt es
schau der'n genau an! Kannst dann ein Marterl
hinsetzen: zum ewigen Gedächtnis!

Fanny

(hartnäckig, aber ganz ruhig). Und ich sage Dir auch
etwas: ob es Dir paßt oder nicht, das Stück wird
aufgeführt!

Lampl.

Da wirst Di' aber täuschen: ich erlaube es ein=
fach nicht — ich geb' ganz einfach nicht meine Er=
laubnis! Na, alsdann — da hast es.

Fanny.

Dann werden wir es halt ohne Deine Erlaubnis
spielen müssen — Du bist ja nicht die Statt=
halterei!

Lampl.

Aber ich bin Dein Mann! Mir scheint, das
hast schon ganz vergessen. Und des möcht' ich
sehen, ob man das Stück von einer Frau aufführen
darf, wenn der Mann net will! Des möcht' ich
sehen, wer mi' zwingen kann! Mit meiner Frau
kann ich machen, was ich will! Ob ich ihr etwas
erlaub' oder verbiet', das ist meine Sache, das geht
kan' Menschen was an! Das werd' ich Dir be=
weisen! Justament werd' ich Dir das beweisen!

Ob die Oper jetzt gut is oder schlecht, des is mir
jetzt ganz Wurst: sie wird nicht aufgeführt — ich
erlaub's nicht, weil ich net mag! Punktum!

Fanny.

Deswegen brauchst Du gar nicht zu schreien!
Du kannst ja thun, was Du willst. Mir ist nur
leid, wenn Du Dich vor den Leuten lächerlich
machst.

Lampl

(wütend mit dem Stock auf den Tisch schlagend). Jetzt wird
mer die G'schicht' aber zu dumm! Wo is die Par=
titur — oder meiner Seel — (er schwingt den Stock
gegen Fanny).

Fanny

(sieht ihm, ohne sich zu regen, scharf ins Gesicht; sehr ruhig).
Nun, was denn?

Lampl

(beherrscht sich, wendet sich ab und geht wieder durch das
Zimmer). I sag Dir: Mach mich net rabiat! I
bin a guter Kerl — i bin gewiß a guter Kerl!
Aber wann man mich rabiat macht — Und es ist
ja auch zu dumm, daß mer uns jetzt schon raufen!
Vielleicht ist die Musik ganz gut — vielleicht
g'fallt's mir! Dann hätt' ich ja die größte Freud'!
Und vielleicht kann ich Dir auch einen Rat geben,
wie man's ändert, wo's noch fehlt — des thu' i
gern! Also brauchst nicht gleich zu verzweifeln,
Tschaperl! Bild'st Dir am End' schon ein: i bin
Dein Feind? Das hat man davon, wenn man den
Leuten die Wahrheit sagt! (Nach einer Pause.) No,
warum redst denn nix mehr.

Fanny.

Was soll ich denn noch reden?

Lampl.

Schau, Tschaperl! Ich wer' die G'schicht' morgen
lesen, und dann wer'n mer ja sehen. Geht's, so is
eh' alles gut. Geht's net, so is des a noch kan
Unglück! Setzst Dich halt hin und schreibst was
anderes! Du bist ja an fesches Weiberl — was
liegt denn Dir da dran? Aber gelt, Du bist g'scheit,
Du versprichst mir: wann i find', daß es nicht geht,
dann steckst die Partitur in Ofen? Versprichst
mir das?

Fanny.

Nein, das kann ich Dir nicht versprechen.

Lampl

(ungeduldig und zornig werdend, mit dem Stock auf die
Erde stoßend). Gift' mi' net, Fanny! Gift' mi' net!
Mach' kane G'schichten!

Fanny.

Verlang' nicht etwas von mir, was ich nicht
kann! Das wär' gegen mein künstlerisches Gewissen.

Lampl

(roh lachend). Haha! Sie hat ein künstlerisches Ge=
wissen! Wo hast denn des auf einmal her? Ein
künstlerisches Gewissen! I wer' Dir sagen, was
D' hast! Einen Dickschädel hast! Ein künstlerisches
Gewissen! Ja, meine Liebe, wer bist denn Du
überhaupt? Was wärst denn Du g'worden ohne

mich? Was bist denn Du g'wesen, wie mer
g'heirat' haben?

Fanny.

Du red'st jetzt schon beinahe, als ob Du mich
von der Straße aufgelesen hätt'st —

Lampl.

Na, von der Straßen nicht, aber aus'm Kon=
servatorium — und da thut anem die Wahl weh!
Schau Dir an, was aus den anderen geworden ist,
aus Deinen geschätzten Kolleginnen! Ich hab' mir
g'sagt: Schad' um das arme Madel! Ich hab'
Mitleid mit Dir gehabt --

Fanny.

Wenn es nur aus Mitleid mit mir gewesen
ist —! Ich hätt' wohl auch noch einen anderen
gefunden!

Lampl.

Einen? Bitte, Madame, nur keine falsche Be=
scheidenheit! Zehn, fünfzig, hundert wie die geehrten
Kolleginnen. Wie's halt im Konservatorium einmal
Usus ist! Aber ich habe etwas aus Dir gemacht,
was man dort sonst nicht kennt: ich hab' Dich zu
einer anständigen Frau gemacht! Und wenn Du
jetzt auf einmal keine Lust mehr zu haben scheinst,
einen Gebrauch davon zu machen —

Fanny

(aufspringend, heftig). Alois!

Lampl

(vor Fanny, den Stock in der Hand). Jawohl, das sag'

ich Dir ins G'ficht! Du bift keine anständige Frau
mehr! Eine Frau, die ihren Mann öffentlich
blamieren will — aber wart'! Mi' follft Du jetzt
erft kennen lernen! Wann Du glaubft, daß Du
mit mir fpielen kannft — mit mir! Ah, mei'
Liebe! Geht's net im guten, fo muß's halt im
böfen gehen! (Schreiend.) Wo is die Partitur?

Fanny

(aufrecht ftehend, feft). Wenn ich will, werd' ich Dir
fie fchon zeigen. Jetzt will ich nicht.

Lampl

(wütend, indem er den Stock gegen fie hebt). Wo ift die
Partitur? Ich fag' Dir, Du follft mich nicht
rabiat machen —!

Fanny.

Ich will jetzt nicht.

Lampl

(finnlos, indem er den Stock wegwirft). I will die Par=
titur, fag' ich — oder — (er packt Fanny mit beiden
Händen und fchüttelt fie roh).

Fanny

(vor Schmerz auffchreiend). Ah, Du thuft mir ja weh!
(Sie taumelt und fällt auf das Sofa.)

Lampl

(erfchrickt, läßt fie los, wendet fich ab und geht wieder auf
und ab. Nach einer Paufe). I hab' Dir's gefagt, Du
follft mich net rabiat machen! Wann man fich den

ganzen Tag giften muß, is's ja ka' Wunder, wann
man zuletzt ganz damisch wird! (Er setzt seinen Cylinder auf.) Morgen reden wir dann weiter! Vielleicht
ist die Oper gar net so schlecht, und dann hätten
wir uns die ganze Streiterei ersparen können!
Schad't übrigens nix! Das is so eine Art Zimmer=
turnen! (Er schenkt sich einen Cognac ein und trinkt.)

Lampl
(nach einer Pause). Bist bös?

Fanny
(ist eine Weile wie betäubt dagesessen. Nun richtet sie sich auf ,
und sagt leise). Bös? Nein. Aber fertig bin ich
jetzt mit Dir.

Lampl.
Ich bitt' Dich, nur jetzt keine tragischen Scenen!
Das ist die ganze Sache wirklich net wert, wegen
der blöden Partitur. Hörst, Fannerl!

Fanny
(heftig schluchzend und am ganzen Körper zitternd, indem sie
nach der Thüre links geht).

Lampl
(eilt ihr nach). Aber, Fannerl, sei net dumm! Komm
her! I werd' Dir was sagen!

Fanny
(geht links ab und schlägt die Thüre vor Lampl zu).

Lampl
(vor der Thüre links, ihr nachrufend). Fanny! (Stampft

ärgerlich mit dem Fuß.) Jessas, die Weiber — da gehört eine Gebuld dazu! Ah was! (Er nimmt seinen Pelz und zieht ihn an.)

4. Scene.

Lampl. Resi. Dann Bininski.

Resi

(von rechts). Der Herr von Bininski wär' da! Soll ich ihn —

Lampl.

Lassen's 'n herein, meinetwegen!

Resi (ab).

Lampl

(steht nachdenklich und sieht nach der Thüre links; dann trotzig). Ah was!

Bininski

(von rechts). Teuerer Freund, wie geht es Ihnen immer? Wie geht es?

Lampl.

Na, muß schon gehen! Nehmen's Platz! Ich weiß ja gar nicht, ob die Gnädige zu sprechen sein wird. Sie hat etwas Migräne — mir haben jetzt alle diese noblen Sachen im Haus.

Bininski.

O, das thut mir leid! Das thut mir aber wirklich furchtbar leid! Sehen Sie, sie arbeitet zu viel — da müssen Sie acht geben.

Lampl.

No, es ist nicht so gefährlich. (Bitter.) Ich
bedauere nur, daß Sie sich umsonst herbemüht
haben.

Bininski

(durch den bitteren Ton Lampls betroffen). Aber was
haben Sie denn, lieber Freund? Sie haben etwas
— Sie sind so komisch! Ich komme doch nicht
bloß wegen Ihrer Frau — ich komme zu Ihnen,
zu meinem lieben, alten Freund! (Er schüttelt ihm
die Hand.)

Lampl

(in seinem parodistischen Ton). Wirklich? Sie kommen
zu mir? Aber gehn's! Sie kommen wirklich zu
mir? Ah, das is rührend! Unglaublich — es
giebt noch Leute, die zu mir kommen! Sie sind
ein Ehrenmann! (Er schüttelt ihm die Hand.) Wenn
Sie einmal tot sind, komponier' ich Ihnen einen
Marsch — mein Ehrenwort!

Bininski.

Was haben Sie, lieber Lampl? Sie sind so
nervös? (Lüstern.) Hat es etwas gegeben? O,
das ist interessant! Erzählen Sie! Das müssen
Sie mir erzählen! Das hab' ich sehr gern, wirklich!

Lampl.

Aber ich bitte Sie, was glauben's denn? Ich
werd' mich doch mit meiner berühmten Frau nicht
streiten! Das wär' doch der größte Undank von
mir!

Bininski

(mit leisem Bedauern). Nicht? Haben Sie sich nicht gestritten? O!

Lampl.

Ja, thut mir auch leid, wir hätten Ihnen gern das Vergnügen gemacht — aber vielleicht das nächste Mal! Wir werden uns schon Mühe geben.

Bininski

(lachend). O, Sie sind ein Schlimmer! Er macht immer Späße! Aber ich hab' Sie sehr gern, wirklich!

Lampl

(mit einer Handbewegung nach der Brieftasche). Bitte nur etwas deutlicher zu werden — wieviel? Bis zu fünf Gulden wird es mir eine Ehre sein!

Bininski

(unmäßig lachend). O, Sie Schlimmer! Immer Späße! Sie haben ein beneidenswertes Naturell.

Lampl

(mit bitterer Ironie). Sie sind ein großer Menschen= kenner! Das sieht man gleich. Vor Ihnen kann man kein Geheimnis haben. (In einem anderen Ton.) Aber was macht denn die Frau?

Bininski.

O, ich danke! Ich danke Ihnen, es geht — es geht ganz gut! Natürlich, im Theater haben wir viel Verdruß! Gott, der Direktor ist so —! Ich

sage nichts — er ist ja mein Freund, aber wissen
Sie: er ist kein Künstler!

Lampl.

No ja, was Sie alles von einem Theater=
direktor verlangen!

Bininski.

Haben Sie vielleicht eine Cigarre? Geben Sie
mir eine Cigarre! (Indem er in seinen Taschen sucht.)
Ich hab' nämlich ganz vergessen —

Lampl.

Aber! (Er reicht ihm eine Cigarre.) Da haben's!

Bininski

(indem er sich die Cigarre anzündet). O, ich danke Ihnen,
ich danke sehr! Sind Sie heute frei? Wir könnten
einmal — wir könnten wohin gehen, wir zwei
allein, wissen Sie: so ein bißchen (mit komisch pol-
nischer Betonung des Wortes) drahen! O, das wär'
fesch! Wollen Sie?

Lampl.

Ja, was is denn mit Ihnen heut? Woher
haben denn Sie Ausgang?

Bininski

(strahlend vor Freude, sehr eitel). O, mein teuerer
Freund, ich bin so glücklich! Kommen Sie, ich muß
Sie küssen, weil ich so glücklich bin.

Lampl

(indem er ihn umarmt). Das is eine merkwürdige

Manier, glücklich zu sein! Da werden Sie sich
alle Freunde vertreiben!

Bininski.

Ich bin sehr glücklich! Denken Sie sich: meine
Frau ist heute eingeladen — bei wem glauben Sie?
O, das erraten Sie nicht!

Lampl.

Jessas, bei wem denn?

Bininski.

Bei einem König, denken Sie sich! Beim König
von Macedonien! Sie wissen doch, daß der König
von Macedonien hier ist, der frühere, wissen Sie,
der dicke. Also, denken Sie sich: Seine Majestät
der König von Macedonien war so entzückt von
meiner Frau, wie er sie gestern gesehen hat, daß er
extra noch einen Tag in Wien geblieben ist, bloß
um heute mit ihr zu soupieren. Er hat gesagt —
der Adjutant hat es mir erzählt — o, das ist auch
ein sehr netter Mensch, wirklich ein Kavalier, der
Adjutant! Zu dem Adjutanten hat er gesagt: er
hat schon viel gesehen, aber so etwas wie meine
Frau hat er noch nicht gesehen! Das hat er auf
der ganzen Welt noch nicht gesehen — nicht einmal
in Paris! Lieber Freund, Sie wissen, was das
heißt, wenn das der König von Macedonien sagt
— o, der kennt sich aus! Er hat gleich in ihre
Garderobe geschickt, ob sie mit ihm soupieren will!
O, ich bin ja so glücklich, weil das wirklich ein Mensch

ift, der reden kann — der verfteht fich auf diefe
Sachen. (In einem anderen Ton.) Sagen Sie, lieber
Lampl, haben Sie fchon einen Orden?

Lampl.

Nein, geehrter Herr, fo weit fan mer noch nicht!
Ich bitt' Sie: meine Frau ift erft feit zwei Monaten
berühmt — und mit Ihnen können mer doch nicht
konkurrieren!

Bininski.

Wiffen Sie, der Orden vom Herkules ift ja
nicht viel, aber es ift doch einmal ein Anfang!
Wenn man fo mit dem Herkules auf den Con=
cordia=Ball kommt, da wird man doch gleich ganz
anders behandelt — da ift man jemand!

Lampl.

Alfo da foupiert Ihre Frau heute mit dem
Macedonier?

Bininski.

Ganz en petit comité! Der König, meine
Frau und der Adjutant. Der König liebt die
Menge nicht.

Lampl.

Aber fchau'ns, Ihnen hätt' er eigentlich doch
einladen können!

Bininski.

Er hat mich eingeladen — er hat mich! O,
Seine Majeftät der König ift ja fo gnädig mit
mir gewefen —

Lampl.

Gehn's?!

Bininſki.

Sie haben gar keine Ahnung, wie gnädig Seine Majeſtät mit mir geweſen iſt! Zweimal hat er mich eingeladen! Aber ſehen Sie: Da hab' ich mir geſagt, daß man bißkret ſein muß! Ich habe mir geſagt: Nein, das thuſt Du nicht, es kann ſein, daß Du genierſt! Wiſſen Sie: wenn man eine berühmte Frau hat, das iſt nicht ſo leicht für den Mann; da gehört ein Mann dazu, der Takt hat! Hat man keinen Takt, dann ſchadet man der Frau und ſchadet ſich ſelbſt und — na, das brauch' ich Ihnen nicht zu ſagen, Sie haben ja auch eine berühmte Frau!

Lampl

(bitter). Ich hab' ja auch eine berühmte Frau! Freilich, ſo berühmt iſt ſie noch nicht — der König von Macedonien hat ſich noch nicht bei uns ge= meldet. Aber was nicht iſt, kann noch werden — glauben's net?

Bininſki.

Aber gewiß, lieber Freund! Nur Geduld, Sie müſſen nur ein bißchen Geduld haben! Das kommt nicht ſo ſchnell — man muß ein bißchen warten. Aber wenn man einmal oben iſt, dann kommt es ganz gewiß, früher oder ſpäter — ganz gewiß!

Lampl

(ſeinen Pelz zuknöpfend). Alſo glauben Sie, lieber Freund, wenn ich mich gut benehme, daß ich dann auch mit der Zeit den Herkules kriegen werd'?

Bininski

(aufstehend). Aber gewiß! Ich werde das schon machen, verlassen Sie sich auf mich! Wir sind doch Freunde! Ich bitte Sie, wir zwei — wenn wir zusammenhalten —

Lampl

(immer in seinem ironischen Ton). Ich danke Ihnen, Sie sind wirklich eine edle Natur!

Bininski.

Also — wollen wir heute „brahen" gehen? So irgendwo, wo Mädchen sind?

Lampl

(mit forcierter Lustigkeit). Aber natürlich! Wir zwa Männer von die zwa berühmten Frauen! (Fängt zu singen an.) So zwa, wie wir zwa —

Bininski.

O, Sie sind lustig, das freut mich! Da werden wir uns sehr gut unterhalten! Ich habe überall Ermäßigung — weil mich die Direktoren kennen! Und heute, wissen Sie: heute zahl' ich sogar einen Champagner!

Lampl.

Natürlich! Sie kriegen ja jetzt den Herkules! (Indem er ihn unter den Arm faßt, im Abgehen.) Denn so zwa, wie wir zwa, die giebt's nimmermehr! (Ab.)

Bininski

(im Abgehen). O, Sie sind heute lustig -- wir werden fidel sein, fesch! (Indem er mitsingen will.) So zwei, wie wir zwei! (Ab.)

5. Scene.

Die Bühne bleibt einen Moment leer. Dann kommt
Fanny, später Resi.

Fanny
(sie ist zum Ausgehen gekleidet, sieht sich einen Moment um
und läutet dann).

Resi
(tritt nach einer längeren Pause von rechts ein, erstaunt).
Die gnä' Frau geht noch aus?

Fanny.
Ja, ich geh' noch fort!

Resi.
Der gnädige Herr ist g'rab fort'gangen — mit'n
Herrn von Bininski! Sie san sehr lustig und
singen!

Fanny.
Schön! Ich geh' auch noch fort. Und jetzt
passen Sie einmal auf, Resi!

Resi.
I paß schon auf, gnä' Frau!

Fanny.
Ich komm vielleicht erst später und vielleicht —
also passen Sie auf!

Resi.
Ja, gnä' Frau!

Fanny.
Wenn mein Mann nach Haus kommt, und ich

bin noch nicht da, dann sagen Sie ihm, er soll ins Schlafzimmer gehen, da ist ein Zettel für ihn, ein Brief! Haben's verstanden?

Resi.

Ja! Wenn der gnädige Herr nach Haus kommt, und die gnädige Frau is noch nicht da, so soll der gnädige Herr ins Schlafzimmer gehen, dort is ein Brief für den gnädigen Herrn!

Fanny.

Auf meinem Nachtkastel. Damit er sich nicht wundert.

Resi.

Wann kommt denn die gnädige Frau zu Haus?

Fanny

(sagt nichts und macht nur ein paar Schritte durch das Zimmer, dann). Resi, Sie sind immer ein braves Mädel gewesen, ich war mit Ihnen sehr zufrieden. Wenn ich manchmal ein bißchen —

Resi.

Aber, gnä' Frau! Was is denn des! Was haben's denn?

Fanny

(faßt sich). Also Sie wissen, was ich Ihnen gesagt habe! Wenn der Herr kommt, geben Sie ihm den Zettel in meinem Zimmer! So — und jetzt holen Sie mir einen Einspänner!

Resi

(will abgehen). Glei', gnä' Frau!

10

Fanny.

Warten's noch ein bissel, da fallt mir gerad'
noch was ein! Haben Sie eine pneumatische Karte
zu Haus?

Resi.

I glaub', auf dem Tisch vom Herrn sind welche!
I werd' gleich eine holen. (Links ab.)

Fanny
(allein, geht im Zimmer auf und ab, betrachtet alles zärtlich).

Resi
(von links). So, da is die Karten!

Fanny.

Jetzt holen Sie mir den Einspänner.

Resi (rechts ab).

Fanny
(nimmt die Karte, geht an den Tisch und schreibt, dann klebt
sie die Karte zu). So! (Sie setzt sich nieder und blickt
nachdenklich vor sich hin.)

Resi
(von rechts). Der Wagen is schon da!

Fanny
(im Abgehen). Wenn der Herr zu Haus ist, können
Sie schlafen gehen! Auf mich brauchen Sie nicht
zu warten! Geben Sie mir meinen Muff.

Resi (bringt den Muff).

Fanny.

Dann gehens' noch hinunter und geben's die
Karte da auf! Abieu, Resi! (Rasch rechts ab.)

Resi

(die Adresse der Karte lesend). An Herrn Engelbert
Lampl? Das is der Alte!

Der Vorhang fällt.

————

Vierter Akt.

Das Arbeitszimmer Lampls. Ein großer Schreibtisch, Bücher, Zeitungen, große Unordnung. Hinter dem Schreibtisch eine große Büste Fannys, mit Lorbeerkränzen drapiert. Rechts eine Bücherkiste, auf der eine Hacke liegt. Wenn der Vorhang aufgeht, ist die Bühne dunkel und bleibt es, bis Lampl eintritt und das elektrische Licht aufdreht.

1. Scene.

Lampl. Später Resi.

Lampl

(tritt durch die Thüre in der Mitte ein, den Hut auf dem Kopfe, die Cigarre im Mund, im Pelz, mit Stock. Er ist angeheitert, schwankt und pfeift leise vor sich hin. Er will das elektrische Licht aufdrehen, hat aber Mühe und braucht einige Zeit, den Griff zu finden.) O verflucht, diese neuchen Erfindungen — gehst her oder net! Aha, sieghst es! (Er dreht das Licht auf; er verneigt sich, nimmt den Hut ab und grüßt.) Ich habe die Ehre! Dieser Bininski is ja doch ein Lump! Ich hab' mer das immer gedacht, o verflucht! (Er taumelt und zieht sich den Pelz aus; zur Büste Fannys gewendet.) Habe die Ehre, Madame; dürfen nicht beleidigt

sein, aber wissen Sie, diese Herren von Polaken
sind jetzt sehr beliebt; da kann man sich nur geehrt
fühlen, wenn man so einen polnischen Rausch hat!
(Er drückt auf den Taster und läutet heftig.) Resi! Diese
Dame hat auch gar keine Bildung! Wenn ich eine
Köchin wäre, würde ich dem Herrn, wenn er be=
trunken ist, liebevoll entgegengehen! (Wieder zur Büste
Fannys sprechend.) Glauben Sie nicht, Madame, daß
ich betrunken bin! Ich bitte Sie, dazu sind wir
viel zu nobel, aber — jedoch — (Er drückt wieder auf
den Taster; schreiend.) Resi! Diese Person kommt
nicht! Das ist eine gemeine Person, voll Hinterlist
und Bosheit! Man ist eben von lauter Kreaturen
umgeben, die — (Er drückt wieder auf den Taster und
schreit.) Resi! (Zur Büste Fannys.) Ich bitte, Madame,
das sind Ihre Dienstboten! Schämen Sie sich!

Resi

(tritt von links ein; ängstlich).   Der gnä' Herr hat
g'läut'?

Lampl.

Haben Sie das doch bemerkt? Wissen Sie:
ich schätze Sie ungemein, aber Sie sollten Ihre
Ohren auf eine Hochschule schicken, so auf eine
Akademie! Zur höheren Ausbildung!

Resi.

Ich hab' nämlich zuerst gemeint, es läut' draußen —

Lampl.

Sie meinen immer zuerst etwas, weil Sie eine

geschätzte — Gans sind! — Bringen Sie mir eine Flaschen Cognac, verstanden?

Resi.

Der Cognac is eh' schon da! Ich hab' eine ganze Flaschen 'bracht! Und die Hacken hab' ich auch 'bracht — wenn der gnä' Herr die Kisten auf= machen will!

Lampl

(betrachtet die Flasche, die auf dem Schreibtisch steht, nimmt die Hacke von der Kiste und sagt dann zu Resi, indem er ihr mit der Hacke droht). Resi, Resi! Da is etwas nicht richtig! Daß Sie den Cognac und die Hacken nicht vergessen haben, das is sehr verdächtig! Da müssen Sie ein ganz schlechtes Gewissen haben. Gestehe, Mädchen! (Er geht auf Resi los und legt den rechten Arm um ihre Taille, die Hacke in der linken Hand).

Resi.

Aber, gnä' Herr!

Lampl.

Resi, wenn ich nicht dem geistlichen Herrn mein Ehrenwort gegeben hätte, daß ich meine Frau nie= mals betrügen werde, außer in bringenden Fällen — ich weiß nicht, ob —

Resi

(indem sie sich losmachen will). Aber, gnä' Herr!

Lampl

(sie loslassend, indem er die Hacke auf den Schreibtisch wirft). Fassen Sie sich, liebe Dame, ich thue Ihnen nichts!

Der geehrte Korporal kann ruhig sein — ich bin ein Freund der Armee!

Resi.

Wünscht der gnädige Herr noch etwas?

Lampl.

Geruht Madame schon zu schlafen?

Resi.

Die gnä' Frau —?

Lampl.

Na ja, wissen Sie: Sie werden doch nicht eine andere Madame meinen! Obwohl — ich bin ja ein Mann in den schönsten Jahren — ich danke Ihnen für Ihr Vertrauen!

Resi
(zögernd). Die gnä' Frau is nämlich —

Lampl
(aufmerksam werdend). Was? Was is die gnädige Frau?

Resi

Resi (verlegen). Die gnä' Frau hat nämlich g'sagt: Wann der gnädige Herr früher kommt —

Lampl
(ernst). Die gnädige Frau is noch nicht zu Haus.

Lampl
(ruhig). Wo is sie denn?

Reſi.

I waß net —

Lampl.

Na alſo! — Dann können's gehen!

Reſi

(ängſtlich). Aber die gnä' Frau hat g'ſagt —

Lampl.

(raſch). Was hat die gnädige Frau g'ſagt —

Reſi.

Die gnä' Frau hat g'ſagt — aber i kann nix dafür, gnä' Herr!

Lampl.

Na, ſagen's Sie's nur! Ich werde Sie ja wahrſcheinlich nicht erwürgen!

Reſi.

Die gnä' Frau hat g'ſagt, der gnä' Herr ſoll den Brief leſen!

Lampl.

Was für an Brief?

Reſi

(zögernd). Der im Schlafzimmer liegt — hat die gnä' Frau g'ſagt!

Lampl.

Gnädige Frau — Brief — Schlafzimmer — Reſi, ich will Sie nicht beleibigen, aber — (er macht eine Bewegung nach dem Kopfe, daß ſie nicht recht geſcheit ſei).

Refi

(ängftlich). Soll ich ihn holen — den Brief?

Lampl.

Holen Sie den Brief! Wiffen Sie, wir ver=
kehren jetzt hauptfächlich fchriftlich, meine Frau und
ich, weil das nämlich nobler ift!

Refi.

Ich werb' ihn gleich bringen. (Ab.)

2. Scene.

Lampl allein. Später Refi.

Lampl

(legt feinen Hut ab und zündet fich die Cigarre wieder an;
dann zur Büfte Fannys). Madame belieben kleine Ex=
kurfionen zu machen? Madame find eben — ein
Genie! Ich danke Ihnen, Madame, daß Sie doch
noch fo liebenswürdig find, mir einen Brief zu
fchreiben! Ich muß Ihnen fagen: das ift wirklich
fehr nett von Ihnen! Wenn Sie z. B. nächftens
auch mit dem König von Macedonien — ich meine
nur — z. B.!

Refi

(tritt mit einem Brief von links ein). Da is der Brief.

Lampl.

Geben's 'n her! (Nimmt den Brief).

Refi

(ängftlich). Braucht der gnädige Herr fonft noch
etwas? Weil ich fonft fchlafen gehen könnt'!

Lampl.

Geehrte Mitbürgerin, Sie sind wirklich etwas blöde! Sie müssen doch ohnehin warten, bis die Frau zu Haus kommt! Net?

Resi.

Na, die gnä' Frau hat ausdrücklich g'sagt: ich soll nur schlafen gehen!

Lampl

(heftig). No, und wer wird ihr denn aufsperren? Mir scheint — es seib's ja noch mehr b'soffen als ich! — Also, gehen's schlafen!

Resi.

Küß' die Hand, gnä' Herr! (Ab.)

3. Scene.

Lampl allein. Später Resi.

Lampl

(mit einem parodistischen Blick zum Himmel). Diese Weiber! Mein lieber Herrgott — ich hab' sonst alle Achtung vor Dir, aber da hast Du Dich verhaut! (Er öffnet den Brief, indem er wieder zur Büste Fannys spricht.) Also, liebe Dame, jetzt werden wir Ihr Schreiben eröffnen! Es zeugt immerhin von einem gewissen Mut, da Sie doch bekanntlich in der Orthographie immer noch — ich nehm' Ihnen das nicht übel; Sie sind eben, wenn Sie auch ein Genie sind, doch noch einigermaßen eine Frau! Also bitte, ich bin ganz

Ohr! (Er hält den Brief zum Licht, betrachtet ihn, fährt zusammen und erschrickt, wirft den Brief auf den Tisch und fängt zu lachen an.) Alois, schäm' Dich, Du bist wirklich betrunken! (Zur Büste.) Sie entschuldigen schon, Madame, aber Ihr Mann ist in einem Zustand — ich sage Ihnen, in einem Zustand — er muß fürchterlich betrunken sein! (Er fällt auf einen Sessel, der neben dem Schreibtisch steht, läßt die Arme schlaff herabhängen, sieht entsetzt vor sich hin; dann rafft er sich auf und sagt zu sich selbst.) Alois, sei vernünftig! (Nach einer Pause; in einem anderen, beinahe tragischen Tone, immer noch schlaff dasitzend.) Des — kann ja do net sein! Des hab' i net verdient — des hab' i wirklich net verdient! Na, Alois — scham' Dich, Du hast an' Rausch! (Er steht auf, will nach dem Briefe greifen, traut sich aber nicht, wendet sich wieder zur Büste und sagt.) Entschuldigen, Madame, entschuldigen schon! (Er starrt vor sich hin, dann zur Büste.) Na, Fannerl, das kann ja doch net sein! Gelt, Fannerl — des is net war! (In seinem parodistischen Ton.) Geh', Fannerl, Du bist ja bloß aus Gips — Du kannst doch nicht a so ein Herz aus Marmor haben! I les' den dummen Brief überhaupt nicht — da stehen lauter unwahre Sachen drin! Gelt, Fannerl? (Er taumelt, fällt wieder in den Sessel neben dem Schreibtisch, rafft sich auf, nimmt mechanisch den Brief vom Schreibtisch und liest ihn wieder; er starrt vor sich hin, Thränen treten ihm ins Auge; er ermannt sich wieder, macht einen Versuch zu lachen und liest dann den Brief laut vor, indem er unverständig dazu schaut; lesend.) „Lieber Alois!" (Zur Büste.) Na also, siehgst es, ich bin ja doch noch Dein lieber Alois! (Weiter lesend.) „Verzeih',

wenn ich Dir weh thu! Aber ich kann nicht anders!
Ich bin fort und komme nicht mehr zurück."
(Läßt den Brief sinken und sagt mechanisch vor sich hin.)
Ich bin fort — und komme nicht mehr zurück!
Du bist a Tschaperl! (Nimmt wieder den Brief und liest.)
„Wochenlang hab' ich gekämpft — ich kann wohl
sagen, daß ich gekämpft habe wie ein Held! Aber
ich kann nicht mehr bei Dir bleiben — ich gehe zu
Grunde, wenn ich bei Dir bleibe! Ich werde nie
vergessen, was ich Dir schuldig bin — und viel=
leicht finden wir uns doch später wieder einmal
zusammen. Sei nicht bös, aber jetzt ist es mir un=
möglich! Ich kann nicht mit einem Manne leben,
der mich geschlagen hat! Aber gewiß werde ich nie
vergessen, was ich Dir verdanke! In Eile Deine
Fanny." (Er läßt den Brief sinken; mechanisch wiederholend,
mit einem Blick zur Büste.) In Eile — Deine Fanny!
So eilig hast Du's g'habt? Du mußt es sehr eilig
g'habt haben! (Er sinkt auf dem Sessel zusammen und
starrt vor sich hin. Nach einer Pause rafft er sich auf, wirft
den Brief zerknittert auf den Tisch, springt auf, läutet heftig
und schreit.) Resi, Resi! Ah, mei' Liebe, das wer'n
mer erst sehn! Des is nicht so einfach, wie Du
glaubst! Gott sei Dank, bei uns giebt's noch a
Polizei! Mit die Gendarmen laß ich Dich holen!
Per Schub kommst Du zurück, des wer' mer schon
sehn! Resi!

Resi (tritt ein).

Lampl.
Da kommen's her, Resi! Wo is meine Frau?

Refi.

Aber gnä' Herr, ich waß gar nix, ich waß wirklich nix!

Lampl.

Da kommen's her, wo is meine Frau?

Refi.

Gnä' Herr, i schwör' Ihnen —

Lampl

(immer heftiger). Wo is meine Frau? Ich reiß' Ihnen die Ohren aus, wann Sie mir nicht sagen, wo meine Frau is.

Refi

(ängstlich). Aber gnä' Herr, i bitt', i waß wirklich net.

Lampl

(ruhig). Refi, wann Sie mich anlügen — wann Sie mich jetzt anlügen, Refi, dann hau' ich Ihnen alle Knochen —

Refi

(retirierend). Bei meiner Ehr' und Seligkeit, gnä' Herr —

Lampl

(sich bezwingend). Wann is meine Frau fort!

Refi.

Es wird so um halber acht g'wesen sein.

Lampl.

Wo is sie hin?

Resi.

I waß wirklich net — gnä' Herr — i schwör'
Ihnen —

Lampl.

Was hat sie g'sagt?

Resi.

Sie hat nur g'sagt, ich soll warten, bis der
gnä' Herr kommt, und dann soll ich dem gnä' Herrn
den Brief geben, und dann kann ich schlafen gehen!

Lampl.

Diesen Brief?

Resi.

Und dann hat sie mir noch einen pneumatischen
Brief 'geben!

Lampl.

An wen?

Resi.

An den Herrn Vater.

Lampl.

An meinen Vater?

Resi.

Ja, an den alten Herrn!

Lampl.

Und?

Resi.

Und — sonst nix!

Lampl

(geht durch das Zimmer, nach einer Pause). Gehn's
schlafen! Sie können schlafen gehen!

Resi

(im Abgehen). Küß' die Hand, gnä' Herr! (Ab.)

4. Scene.

Lampl allein.

Lampl

(steht eine Weile starr und stiert Resi gedankenlos, wie ver-
blödet, nach; plötzlich schüttelt er sich, richtet sich gewaltsam
auf, fährt sich mit der Hand über die Stirne und sagt).
Alois, Du wirst doch net —? Stehert dafür —
wegen so einer Bestie! (Lacht höhnisch.) Hahà! Alois
Lampl, nimm Dich z'samm'! Sonst lachen's Dich
auch noch aus! Ah, des wär' mer noch lieber!
Da werd's Enk aber täuschen! So is der Lampl
net! Ah na, so dumm is der Lampl net! So
lang der Lampl einen guten Cognac hat — des
andere ist ihm alles Wurst! Ah, mei' Lieber, der
Lampl is ja g'scheit! (Er steht neben dem Tisch, schenkt
sich einen Cognac ein, will ihn trinken, fällt aber plötzlich in
den Stuhl und zittert so heftig mit der Hand, daß er das
Glas verschüttet, rafft sich aber gewaltsam auf, haut das
Glas auf den Tisch, daß es zerbricht, und schreit höhnisch.)
Ah, glaubt's vielleicht, daß mir des was macht?
(Höhnisch lachend.) Des macht mir gar nichts! Im
Gegenteil — im Gegenteil: Ich bin froh, daß ich
die Bestie los bin! (Geht im Zimmer auf und ab und
sagt knirschend vor sich hin.) Bestie, Bestie, Bestie!

(Bleibt vor der Büste Fannys stehen, zur Büste sprechend.) Des ist das einzige richtige Wort für Dich! Du bist eine Bestie! Ja, mach' nur Deine sanften Augerln — i kenn' Di jetzt! Gelt, früher wär' i Dir recht g'wesen — jetzt brauchst mi net mehr! Natürlich, jetzt hast Deine Graferln! Jetzt schamst Di' mit so einem gemeinen bürgerlichen Menschen! So ein Plebejer, so ein Lump! (Immer zur Büste sprechend.) Du bist doch das Gemeinste, was mir in meinem Leben vorgekommen ist! So gemein, so niederträchtig gemein — (immer wütender, indem er die Faust gegen die Büste ballt). Schau mi' net so an! I sag' Dir's! Glaubst vielleicht, mit Deine sanften Augerln —! Schau mi' net so an! (Immer heftiger, ganz nahe vor der Büste.) Möcht'st mi' vielleicht noch aushöhnen a! (In sinnloser Wut schreiend.) Lach net' oder — (Indem er die Büste packt und heftig schüttelt in sinnloser Wut.) I sag' Dir's: spiel' Di' net mit mir! Du Bestie — da hast, da! (Er schlägt mit der Hand nach der Büste.) Mir werden ja sehen, wer stärker is! (Tritt von der Büste weg und sieht sie höhnisch an.) Na, wo san denn jetzt Deine Graferln? Warum helfen's Der denn net? (In einem neuen Anfall von Wut.) Lach' net, sag' i — Du sollst mi' net auslachen oder —! Ah, wart', Du hast no' net g'nug? Wart' nur, mei' Liebe, Dir werd' ich's schon zeigen! (Er stürzt in sinnloser Wut zum Schreibtisch, packt die dort liegende Hacke, hebt sie mit beiden Händen und führt einen so heftigen Streich gegen die Büste, daß er diese in der Mitte spaltet, die Trümmer fallen herab, er selbst taumelt zurück, läßt die Hacke fallen, schlägt mit dem Rücken an den Schreibtisch an und hat Mühe, sich aufrecht zu halten. Nach einer Pause, gedankenlos, indem er blöde lacht.) Sieghst es, siehgst es, da hast es! (Er bückt sich, hebt einige Trümmer der Büste auf und betrachtet sie; indem er ein Stück nachdenklich in der Hand hält.) Des ist das Naserl g'wesen, a fein's Naserl, so lieb — des Naserl hab' ich so lieb g'habt! (Er setzt sich auf den Stuhl neben dem Schreibtisch und betrachtet das Stück der Büste, das er in der Hand hat; die Thränen laufen ihm über die Wange.) Das Naserl, das liebe Naserl! Sieghst es, Fanny, siehgst es! Des hätt'st net thun sollen! (Er betrachtet, starr vor sich hinblickend, das Stück der Büste. Draußen läutet es. Er fährt auf, alles verwandelt sich an ihm, sein Gesicht hat einen glücklichen Ausdruck; lauschend.) Pscht! Hat's da net g'läut'? Pscht! (Man hört es noch einmal läuten.) Mein lieber Alois, Du bist doch ein Aff'! Des hätt'st ja doch wissen können — siehgst es, die Fanny is scho' wieder da! (Indem er das Stück der Büste, das er in der Hand hält, in die Höhe hebt.) Siehgst es, Tschaperl! Kommst do' wieder zu mir? Gelt, Fannerl, kannst ja doch net mehr leben ohne mich? (Er wirft das Stück der Büste weg, das er in der Hand hat, steht auf und geht nach der Thüre; lustig.) Aber wart' nur, mei' Liebe! Dir mach' ich jetzt einen Tanz! Du wirst Dich an mich erinnern!

3. Scene.

Lampl. Resi. Später der alte Lampl.

Resi

(von links eintretend). Gnä' Herr, der Herr Vater is da! Er is ganz aufgeregt!

11

Lampl

(verwirrt). Was, wer is da? Wo is die Frau?

Resi.

Die gnä' Frau is doch fort! Aber der alte
Herr —

Der Alte

(von links eintretend). Alsdann — was is denn
eigentlich?

Lampl.

Was willst denn, Vater? Wo kommst denn Du
jetzt überhaupt her?

Resi.

Kann i jetzt schlafen gehen, gnä' Herr?

Lampl

(zu Resi). Ja, gehen's schlafen.

Resi (ab).

Lampl.

Ja, Vater — was is denn des überhaupt? Wie
kommst denn Du — mitten in der Nacht —?

Der Alte.

Na vielleicht! Glaubst, daß des so angenehm
is? Bis man da mit der Tramway hereinkommt!
zweimal hab' i umsteigen müssen — bei der Bellaria
und bei der Kasern'!

Lampl.

Na und? Was willst denn überhaupt?

Der Alte.

Na, wegen dem Brief?

Lampl.

Was für an' Brief?

Der Alte.

Geh', jetzt thu' net wieder so! Wann mir die Fanny einen pneumatischen Brief schreibt! Was is denn? Was habt's denn?

Lampl.

Sie hat Dir g'schrieben? Was denn?

Der Alte.

Ah, jetzt möcht'st es vielleicht noch bezweifeln! (In seinen Taschen suchend.) Aber i hab' ja des — wart' nur, i muß ja des Brieferl irgendwo haben! — Na, schau — mir scheint, jetzt hab' ich's liegen lassen — in der Eil'!

Lampl

(hat starr vor sich hingeblickt, fährt jetzt wieder auf und sagt zerstreut). Also, — was denn — was hat's Dir denn g'schrieben?

Der Alte.

Na, daß i kommen soll, aber glei', aber glei'! So viel eilig hat sie's g'macht! I denk' mir: thut's denn da brennen? Da muß's aber schon sehr arg sein, wann's die Feuerwehr von Penzing anrufen! Na, aber weil sie's halt gar so bringend g'macht

hat — und i bin halt a guter Tepp — zweimal
hab' i umsteigen müssen! Aber wann i a manch's=
mal a bissel raunz, eigentlich bin i halt bo' a guter
Kerl, gelt?

Lampl

(hat den Alten starr angesehen, bei den letzten Worten nickt
er schmerzlich, streckt zaghaft die Hand aus, ergreift dann mit
einem Ruck die beiden Hände des Alten, küßt sie und fängt
heftig zu schluchzen an, indem er vor dem Alten zusammen-
bricht). ˋ Ja, Vater — Du bist noch gut!

Der Alte

(sehr erschrocken, indem er sich bemüht, Lampl wieder empor-
zuziehen). Aber Alois! Ja, was wär' denn jetzt
des? Was soll denn des sein? (Indem er ihm zu-
redet und ihn wie ein Kind streichelt.) Geh', na so geh',
Alois! So geh'! Wer wird denn so dalkert sein
— a so a großer Bua! (Er zieht Lampl mit Gewalt
empor.)

Lampl

(springt plötzlich auf, sehr haftig, außer sich). Vater — sie
is fort! Denk' Dir, Vater, sie hat fortgehen können!

Der Alte

(sprachlos vor Erstaunen). Was? Was? Ja — von
wem red'st denn Du? Die —?

Lampl

(nickend, nach der Büste deutend). Sie is fort!

Der Alte

(der nun erst nach der Büste sieht). Die Fanny! (Indem
er die Zerstörung der Büste bemerkt.) Ja, und was hast

denn jetzt da wieder g'macht? (Er sieht näher hin, bemerkt die Hacke, hebt sie auf.) Aha! Aha! (Er lehnt die Hacke behutsam weg und kehrt die Trümmer ein wenig zusammen.) I waß net, ob das für an Parkettboden grab' das Richtige ist!

Lampl.

Sie is fort von mir! Kannst denn Du das begreifen? Weil — weil — weil i vielleicht in der letzten Zeit manchmal a bisserl z'wider war — ah ja, das kann schon sein, daß ich manchmal sekant g'wesen bin! Aber muß man denn deswegen glei' fort? Kann man denn von einem Mann fort, mit dem man fünf Jahr zusammen gehungert hat? Na, das kann ja do' net sein! Vater, sag', daß des net so ist! (Aufschreiend.) I wer' sonst verruckt, Vater! Meiner Seel', i wer' verruckt, wann das sein kann!

Der Alte

(indem er, um ihn zu beruhigen, einen scherzhaften Ton anschlagen will). Na, na — halt Di' no' a bissel z'ruck! Das kannst später no' alleweil!

Lampl

(sehr erregt). Vater, i bitt' Dich, fang' nur jetzt net wieder Deine G'spaß an! (Beinahe flehend.) Jetzt net, Vater! Du waßt net, wie mir jetzt is! (Indem er ihn beschwörend an der Hand faßt.) Aber i schwör' Dir, es is besser, Du lachst mi' jetzt net aus!

Der Alte

(zieht ihn zum Sofa, drückt ihn auf das Sofa nieder und

legt, neben ihm stehend, halb knieend, den Arm um seinen Kopf).
Aber geh', Alois, was fällt Dir denn ein? Wo
wer i Di' denn auslachen? Du bist dumm! Siehgst
es denn net, daß 's mir viel näcker zum Weinen is?
(Indem er ein rotes Tuch aus der Tasche nimmt und sich
schneuzt.) Meiner Seel! A so a Schand' für an
alten Wiener — i bin doch bei die Veteranen!

Lampl

(mit einem förmlichen Weinkrampf, indem er dem Alten an
die Brust sinkt). Vater, Vater, mei lieber Vater!

Der Alte

(neben Lampl stehend, ihn haltend und leise streichelnd). Ja,
ja! Wan' nur — wan' Di' nur aus! Vielleicht
thut's Dir a bissel gut! Ja mei'! Is halt a
schwere Sach'! (Lange Pause.)

Lampl

(nachdem er sich ausgeweint, wieder aufgesetzt und geschneuzt
hat, mit noch schluchzender Stimme, indem er dem Vater die
Hand drückt). I dank' Dir halt, Vater! I dank'
Dir vielmals! (Er drückt ihm heftig die Hand.)

Der Alte.

Aber geh'! Sei net dumm! Was wirst mer
denn da danken? War net übel! Zu was bin i
denn sonst der Vater? Das is ja bo' unser Geschäft!

Lampl

(drückt ihm noch einmal die Hand, faßt sich dann, wird etwas
ruhiger, steht auf und geht auf die andere Seite zum Schreibtisch hinüber, wo er sich anlehnt).

Der Alte

(fieht Lampl nachdentlich an, bann leife vor fich hin). 's is
halt a Kreuz auf der Welt — 's is a Kreuz!
(Indem er auf die andere Seite geht, zu Lampl.) Du, Alois
— i an Deiner Stell' — waßt, was i jetzt thät'?
I leget mi' jetzt schön schlafen! Paß auf, glei'
möcht'st einschlafen — willst wetten? Und des war
net schlecht — wenigstens wirst dann morgen an
klaren Kopf haben!

Lampl

(der sich gefaßt hat; wieder in seinem gewöhnlichen energischen
Tone, indem er mit der rechten Hand ein verneinendes Zeichen
macht). Ah na, Vater, da kennst mi' schlecht! Z'erst
muß sie wieder im Haus sein! Früher schlaf i net!

Der Alte.

Aber geh', Alois, sei vernünftig — reg' Di' net
auf.

Lampl.

Sie muß in das Haus zurück! Mit die Gen=
darmen laß' ich sie holen! Zu was ha'mer denn
a Polizei? Ah, des war' no' schöner, wann a Frau
so mir nix, Dir nix einfach weggehen könnt'! Aber
es wird bei uns do' no' Gesetze geben — Gott sei
Dank! Das wer' mer schon seh'n!

Der Alte.

Aber, Alois, sei do' g'scheit! Jetzt is zwölfe —
da schlaft doch alles! Die Gesetze auch!

Lampl

(trinkt einen Cognac). Ah freilich, wenn i auf die Polizei geh', — und wann i um drei in der Fruh auf die Polizei geh' —

Der Alte

(beschwichtigend). Also gut — da hast ja no' Zeit! Da kann man die Sache ja noch besprechen, damit net an unnötige Dummheit g'schiecht! Also setz' Di' schön hin und hör' mer zu, was i mein! Dann kannst ja alleweil noch machen, was D' willst!

Lampl

(läßt sich von dem Alten wieder zum Sofa führen und setzt sich; nach einiger Zeit zieht er die Füße herauf, macht es sich bequemer und legt sich hin).

Der Alte.

Alsbann, meine Meinung wär' halt die: Sieghst es, i bin ja bloß an alter Hausmeister — und Deine Musik wird uns a net viel helfen! I an Deiner Stell' ginget halt morgen zu an Advokaten! A meiniger Spezi hat neulich an Prozeß mit seiner Wäscherin gehabt, der war mit seinem Verteidiger recht zufrieden, der wird mer schon die Adreff' geben! Na und da bespricht man sich halt mit'n Advokaten, was ma' eigentlich thun soll. Dir is ja das zum ersten Mal passiert, aber so an Advokat hat doch schon a gewisse Übung! Und dann wär's vielleicht auch net schlecht: i such' die Fanny auf und red' mit ihr! Des wird ma' ja schon erfahren,

wo sie ist, und das darf sie mir net abschlagen! I
hab' mi' alleweil gut g'reb't mit ihr. Manst net?

Lampl

(der ausgestreckt auf dem Sofa liegt, ohne auf die Rede des
Alten zu achten; leise, weich). Hätt'st benn Du das
jemals für möglich g'halten, daß die Fanny weg=
geht! Mei' Fannerl, die mir wie a Kind g'wesen
is! Jessas, die kommt ja bo' ohne mi' nit weiter,
sie kennt sich ja net aus, sie is so patschert!

Der Alte.

Ja, mit die Weiber täuscht ma' sich halt leicht!
Du hast alleweil Tschaperl zu ihr g'sagt — und
jetzt kommt's heraus, daß Du selber das Tschaperl
g'wesen bist! Man soll halt nie was glauben —
es muß sich alles erst weisen!

Lampl

(indem er müde ben Kopf zurücksinken läßt, allmählich ein-
schlafend). Sie kommt ja morgen von selber z'ruck!
Paß nur auf! Sie kennt sich ja net aus! (Er schläft ein.)

Der Alte

(bemerkt, daß Lampl einschläft, lächelt unb geht behutsam auf
die andere Seite, zum Schreibtisch). Siehgst es, des glaub'
ich ja eben auch! Man muß halt abwarten!

Lampl

(im Schlaf, leise). Was sagst, Vater? — Ah!

Der Alte

(dreht behutsam ben großen Stuhl vor dem Schreibtisch um
unb richtet sich ihn her). Das werd'n a paar harte Täg

werben! Da wer' i wohl dableiben müffen! Wird
net anders gehen! (Setzt sich.) I muß morgen glei'
bie Resi fragen, ob er no' allerweil Zwetschgen=
Knödeln so gern hat! Des is früher sein' Lieblings=
speis' gewesen! (Setzt sich noch einmal auf und dreht das
elektrische Licht ab, so daß die Bühne ganz dunkel wird.) A
freilich, bes is net nötig! Sparen! Sparen muß
der Mensch! (Schläft seufzend ein.) Es is halt a
Kreuz!

Lampl
(im Schlafe). Warum denn?

Der Vorhang fällt.

Ende.

—————◆—————

Von **Hermann Bahr** erschienen in unserem Verlage:

Die gute Schule. Roman. 2. Auflage.   Geh. M. 3.—.

Neben der Liebe. Roman.   Geh. M. 3.—.

Die häusliche Frau. Lustspiel.   Geh. M. 1.50.

Dora. Wiener Geschichten. 2. Auflage.   Geh. M. 2.—.

Caph. Novellen.   Geh. M. 2.—.

Der Antisemitismus. Ein Interview.   Geh. M. 2.—.

Renaissance. Neue Reihe zur Kritik der Moderne.

                              Geh. M. 3.50.

Theater. Roman. 2. Auflage.   Geh. M. 3.—.

Das Tschaperl. Ein Wiener Stück.   Geh. M. 2.—.

Unter der Presse: **Wiener Dramaturgie.** Fünf Jahre
     Wiener Theater.

——————

www.ingramcontent.com/pod-product-compliance
Lightning Source LLC
Chambersburg PA
CBHW020004030726
47500CB00002B/441